COLEÇÃO EXCELSIOR

BIOGRAFIAS — MEMÓRIAS — DIÁRIOS — CONFISSÕES
ROMANCE — CONTO — NOVELA — FOLCLORE
POESIA — HISTÓRIA

1. MINHA FORMAÇÃO — Joaquim Nabuco
2. WERTHER (Romance) — Goethe
3. O INGÊNUO — Voltaire
4. A PRINCESA DE BABILÔNIA — Voltaire
5. PAIS E FILHOS — Ivan Turgueniev
6. A VOZ DOS SINOS — Charles Dickens
7. ZADIG OU O DESTINO (História Oriental) — Voltaire
8. CÂNDIDO OU O OTIMISMO — Voltaire
9. OS FRUTOS DA TERRA — Knut Hamsun
10. FOME — Knut Hamsun
11. PAN — Knut Hamsun
12. UM VAGABUNDO TOCA EM SURDINA — Knut Hamsun
13. VITÓRIA — Knut Hamsun
14. A RAINHA DE SABÁ — Knut Hamsun
15. O BANQUETE — Mario de Andrade

O Banquete

COLEÇÃO EXCELSIOR

Vol. 15

Capa
Cláudio Martins

Prefácio de
Jorge Cole e
Luiz Carlos da Silva Dantas

EDITORA ITATIAIA
BELO HORIZONTE
Rua São Geraldo, 53 — Floresta — Cep. 30150-070
Tel.: 3212-4600 — Fax: 3224-5151
e-mail: vilaricaeditora@uol.com.br
Home page: www.villarica.com.br

Mário de Andrade

O Banquete

EDITORA ITATIAIA
Belo Horizonte

Dados de Catalogação na Publicação (CIP) Internacional
(Câmara Brasileira do Livro, SP, Brasil)

Andrade, Mario de, 1893-1945.
O banquete / Mario de Andrade ; prefácio de Jorge Coli e Luiz Carlos da Silva Dantas. — 3. ed. — Belo Horizonte: Editora Itatiaia, 2004.

1. Música — Brasil 2. Música — Filosofia e estética. I. Título.

89-1013 CDD-780.1
-780.981

Índices para catálogo sistemático:

1. Brasil : Música 780.981
2. Estética musical 780.1
3. Música : Estética e filosofia 780.1

2004

Impresso no Brasil
Printed in Brazil

SUMÁRIO

Sobre *O Banquete* 9
Capítulo I — Abertura 47
Capítulo II — Encontro no Parque 59
Capítulo III — Jardim de Inverno 77
Capítulo IV — O Aperitivo 105
Capítulo V — Vatapá 129
Capítulo VI — Salada 177
Capítulo VII — Doce de Coco — Frutas 183
Capítulo VIII — O Passeio em Pássaros 184
Capítulo IX — Café Pequeno 185
Capítulo X — As Despedidas — Noturno 186

Sobre *O Banquete*

"Partir eu parto...
Mas essa música é mentira.
Mas partir eu parto.
Mas eu não sei onde vou."

M. de Andrade — *Lira Paulistana*

Situação d'O Banquete

Em maio de 1943 Mario de Andrade começa a escrever crônicas musicais na *Folha da Manhã:* textos hebdomadários que vão aparecendo regularmente às quintas-feiras sob o título de "Mundo Musical", até a morte do autor, em 1945. Mario adverte desde o primeiro artigo: não se trata de crítica profissional, ligada aos acontecimentos e manifestações contemporâneos e locais; não se trata de comentários sobre a vida musical paulistana. Estrutura muito mais livre, o "Mundo Musi-

cal" permitiu a aparição dos mais diversos textos: abordagem de fenômenos ou problemas gerais ("Do teatro cantado", "Psicologia da criação" etc.); estudos ou reflexões sobre aspectos específicos ("Claude Debussy", "Pelléas et Mélisande", "Scarlatti" etc.); sobre o folclore ("Cantador", "Danças dramáticas" etc.); e mesmo por vezes excedendo ao domínio propriamente musical, como em "Arte inglesa", notável panorama que releva a importância da Inglaterra não somente no domínio da música, mas das artes plásticas, arquitetura e cinema.

Anunciemos logo que, na maior parte dos casos, tais textos não são estudos assépticos, afastados da contaminação contemporânea. Apesar de não se lançar nos problemas de concreta e próxima atualidade musical, Mario liga freqüentemente suas reflexões sobre o passado, sobre as atividades estrangeiras, ou sobre o folclore, à situação precisa da criação musical brasileira, aos problemas de infra-estrutura (ensino, pesquisa), à evolução dos acontecimentos do seu tempo. O "Mundo Musical", em princípio tratando de assuntos distantes da realidade imediata de música e arte, é por essa razão mesma um meio cômodo de situar questões atuais importantes, de discutir caminhos, de castigar erros.

Alguns desses textos são longos demais para serem tratados numa única publicação: por essa razão Mario instaura séries que por vezes são interrompidas por outros textos, para serem retomadas mais adiante: "Cantador", "Arte inglesa" etc.

O *Banquete* está neste caso e é mesmo a mais longa série. Ele difere sensivelmente dos outros textos por seu caráter de ficção: um "diálogo" entre cinco personagens imaginárias durante um jantar, concebido em dez capítulos que não raro serão fragmentados, de modo a se adaptar à publicação semanal. O plano estabelecido por Mario data de fevereiro de 1944, e a primeira publicação de 4 de maio do mesmo ano: um projeto que se destinava seguramente à publicação em volume, como "Arte inglesa" — texto aliás bem menos ambicioso —, que aparecera em livro durante a vida de Mario, fazendo parte do Baile das quatro artes. Infelizmente, quando sobrevém a morte do autor em 1945, o projeto está inacabado, interrompido na primeira parte do capítulo sexto — "Salada", publicado em 22-2-1945, vigésimo terceiro "episódio".

É este fragmento que damos hoje ao leitor que se convencerá como nós, estamos certos, de seu interesse e importância. Ele permite uma compreensão mais aguda do pensamento de Mario, e ainda provoca e auxilia a reflexão sobre problemas da música, da arte e da criação na sociedade brasileira.

Por que "Banquete"?

Tomando este título e dando à obra a forma de um diálogo estético-filosófico, Mario de Andrade nos remete ao evidente modelo platônico. À questão que se impõe imediatamente ao espírito — qual é a dívida do texto que temos em mãos para com a sua referência clássica? —, podemos responder que as ligações são longínquas e gerais, onde ficam difíceis as separações entre as (raras) coincidências e as derivações.

Podemos constatar a semelhança da situação global — um jantar luxuoso onde os convivas discorrem sobre um assunto preciso, num caso o amor, no outro a música. Mas Mario não se deixa de modo algum levar por outras influências mais determinantes ou próximas, que transformariam seu texto num pastiche atualizado, ainda que somente inspirado pela organização formal. Em lugar de correspondências precisas, podemos evocar uma espécie de semelhança de caráter: o discorrer fluente e familiar da narração platônica marca-nos pela sua flexibilidade, pela sua ironia e pelo seu franco humor: assim o prazer de imitar os discursos das personagens contemporâneas — como Mario imitará a fala do político ou a sofisticação da grã-fina — ou traços irresistíveis como o soluço de Aristófanes ou a entrada tempestuosa de Alcibíades. Mas se essa escritura d'O *Banquete* evocada é um caso um pouco especial na obra platônica, ao contrário a fluência e humor são uma das características importantes que se encontram na maior parte dos textos de Mario, mesmo quando trata de problemas complexos e árduos. E, além disso, numa outra direção, O *Banquete* paulistano é muito menos risos e à vontade que seu modelo clássico e que os escritos habituais de Mario. Um clima contínuo de mal-estar e angústia, por vezes intensíssimo, envolve os risos e as comidas — é que o autor se atira profundamente naquilo que faz suas personagens dizerem, lançando problemas para ele essenciais e para os quais não vê resposta concreta alguma.

Mas não antecipemos. Sobre Platão ainda nos resta dizer a semelhança acusada entre a juventude, a "graça do corpo novo" no dizer de Mario, o estabanamento, a impetuosidade admirativa e entusiástica (e ao mesmo tempo distante) que existe entre Alcibíades e Pastor Fido. E resta-nos também lembrar o problema da música grega. Uma das preocupações freqüentes de Mario são os efeitos psicofisiológicos da música e a sua intervenção, seu papel muito ativo na sociedade contemporânea: estão ligados a esses problemas a discussão sobre as dissonâncias e o inacabado nas artes (O *Banquete* — págs. 62 e 63) e a evocação do "ethos" musical grego:

> "o cromatismo na Grécia era só permitido aos granfinos da virtuosidade, inculcado de sensual e dissolvente, proibido aos moços, aos soldados, aos fortes".

Esta última questão já atraíra bastante Mario, à qual dedica páginas importantes na *Pequena história da música.* Nesse caminho, a leitura de Platão deve ter-lhe forçosamente interessado, mas muito mais o livro II das *Leis* ou o livro III da *República* que o *Banquete,* cuja única magra referência musical é a passagem rápida que se encontra no discurso de Erixímaco. E essa passagem poderia ser significativa com relação ao estado de inquietude, de espera, ao sentimento de inacabado dinâmico e fecundo que Mario afirma ser característico da dissonância, pois Erixímaco diz de modo oposto, que a arte musical é a conciliação de sons discordantes pelo acorde, o que produz a consonância, criando um estado de "amor e concórdia".[1] Mas toda essa ginástica é inútil: a idéia de Mario — dissonância = inquietude — corre as teorias clássicas da música. Para darmos um exemplo, citemos o velho e conhecido manual de Danhauser , de 1872:

> "Les *intervales dissonants* (...) sont ceux qui forment entre eux deux sons que l´oreille éprouve le besoin de modifier, en les remplaçant par d´autres sons; *la dissonance* donne une impression d´instabilité, les sons ayant une tendence à se dissocier pour aboutir à une consonance".[2]

Deste modo, O *Banquete* de Platão se revela como um padrinho de pouca ou nenhuma influência, e o texto de Mario se insere antes numa linhagem de diálogos filosóficos, forma que desde o filósofo ateniense pontua a história das idéias.

Diálogo, forma adequada

Pontuação discreta, porém. Elemento essencial da filosofia platônica (não há, no *Fedro,* o elogio da palavra oral, viva, e a crítica da fixação escrita?), a forma dialogada, na sua história, acomodar-se-á em funções menores: facilitação pedagógica (já Santo Agostinho a utiliza como meio apropriado de ensino, como em *De musica,* onde as personagens se reduzem significativamente a Mestre e Discípulo) ou exposições de argumentação, ocasionais e secundárias, como os diálogos de Berkeley ou Leibniz. Nos dois casos, entretanto, ela depende de um corpo filosófico já solidamente estabelecido, e no fundo a forma do diálogo não é senão um meio... formal. E que justamente reaparecerá, vívida e necessária, num pensamento

1. 187 abc, p. 119 a 121 da tradução do prof. J. Cavalcante de Souza, São Paulo, Difusão Européia do Livro, 1966.

2.*Théorie de la Musique,* Paris, ed. de 1929, p. 42. Esse problema vem já mencionado em "Terapêutica Musical" *(in Namoros com a Medicina,* Porto Alegre, Livr. Globo, 1939, p. 48).

que se ajeita mal com tratados, que faz apelo continuamente à experiência para se alimentar, que não gosta de falar abstratamente e construir sistemas áridos: será o meio de expressão de Diderot, por excelência, por vezes mesmo se distinguindo pouco do texto de teatro.

Na música, a forma dialogada possui um grande momento: os escritos de Schumann. Ele a havia inaugurado com um célebre artigo sobre Chopin, onde intervinham quatro personagens, Florestan, arrojado e impetuoso, Eusebius, melancólico e contemplativo, Mestre Raro, espécie de mediador cheio de sabedoria, e o narrador, que escreve na primeira pessoa. Logo Schumann fundará sua própria revista, onde essas personagens assinarão artigos ou conversarão sobre os mais diferentes problemas musicais, dirigindo-se contra as atitudes estreitas e demagógicas da crítica do tempo, de intérpretes, da falsa arte, dos modismos estrangeiros (carregando consigo o sonho da criação de uma ópera alemã; introduzindo — como proporá também Mario — a substituição dos termos expressivos italianos —allegro, cantabile etc. — por outros nacionais) e exaltando a criação verdadeira, honesta consigo mesma e sempre à procura de um auto-ultrapassamento. No entanto, Florestan, Eusebius e Raro não são apenas marionetes postiças que intrigam os leitores e que facilitam os debates; ao contrário, são personificações de aspectos opostos do espírito do autor, das contradições de seu temperamento, de suas diferentes facetas diante de problemas que está longe de perceber com a frieza do profissional e que antes tomam profundamente seu ser. Por vezes mesmo, sua própria produção musical será assinada por Eusebius ou por Florestan.

Se O *Banquete* de Mario não tem nenhuma pretensão em criar uma filosofia através do seu desenvolvimento dialético, como em Platão, ou se o diálogo não tem para ele uma função essencialmente pedagógica ou expositiva, ele se mostra, como em Diderot, um meio perfeito de expressão para seu pensamento pragmático, concreto: se *Le rêve de d'Alembert* é quase teatro, O *Banquete* é quase um conto filosófico. É uma forma que possui — como em Schumann — de modo privilegiado, um poder adaptativo aos contornos do real, uma incisiva maneira de combater, de discutir problemas vibrantes da atualidade e ao mesmo tempo de criar contradições dentro do próprio discurso, de não provocar polêmicas diretas, lutando por intermédio das suas personagens, lançando-se de modo mais profundo na fala desses fantasmas, e neles tentando isolar as facetas de seu próprio espírito. Na sua mobilidade e na multiplicidade das suas vozes, a escritura dialogada permite as ambivalências.

Um texto sem constrangimento

Um dos papéis essenciais do "Mundo Musical" e d'O *Banquete* é o seu caráter de orientação crítica.

A importância que a inteligência, os conhecimentos e a personalidade de Mario de Andrade tiveram no desenvolver das artes brasileiras foi imensa e é desnecessário lembrar o que a nossa criação artística lhe deve. Escrito por uma personalidade altamente prestigiosa, veiculado pelo jornal, logo por uma publicação não especializada, acessível e de grande penetração, a função pedagógica d'O *Banquete* devia realmente ter um alcance considerável. E pela sua natureza e contexto, as polêmicas levantadas, a virulência do estilo, o ardor das defesas, sempre ligadas às reflexões estéticas mais gerais, têm esse sabor de vida que efetivamente a taxidermia universitária, mais rigorosa, segura, ou o que quer que se queira, não possui.

Já vimos que n' O *Banquete* a forma dialogada é um meio que pela sua flexibilidade pode exprimir otimamente um pensamento que seguiu pelos trancos e barrancos do concreto e que não se fecha num cristal sem contradições. Ora, ao caráter jornalístico e pragmático se associam projeções conflituais interiores do autor, que confundem a clareza dos desenvolvimentos, a precisão das intenções. Pois especialmente neste diálogo, Mario decide não dissertar, mas lançar-se com suas ambigüidades. O que acarreta forçosamente uma perturbação da pedagogia e das idéias que poderiam vir claras. Mas elas não *são* claras, e no momento em que escreve, Mario está se questionando, por vezes inseguro. N'O *Banquete* não pretende colocar apenas um programa explícito ou uma direção operatória imediata. Ao contrário, seu texto nasce de suas contradições. E as dificuldades de leitura começam.

Mario vai tentar exprimir-se sem os freios do rigor e, por vezes, sem mesmo os freios da coerência. Para isso prepara o terreno escudando-se por trás de suas personagens, sobre as quais recaem as responsabilidades, e cujo comportamento ou caráter explicam ou desculpam o descosido. E por eles o autor pode descarregar seu coração.

Logo de início, esse jogo de reenvios anuncia as cores de sua ambigüidade com a nota irônica:

"Oh meus amigos, si lhes dou este relato fiel de tudo quanto sucedeu e se falou naquela tarde boa, boa e triste, não acreditem não, que qualquer semelhança destes personagens, tão nossos conhecidos, com qualquer pessoa do mundo dos vivos e dos mortos, não seja mais que pura coincidência ocasional. E é também certo, certíssimo, que ao menos desta vez, eu não poderei me responsabilizar pelas idéias expostas aqui. Não me pertencem, embora eu sustente e proclame a responsabilidade dos autores, nesse mundo de ambiciosas reportagens estéticas, vulgarmente chamado Belas Artes". (O *Banquete,* p.45).

Responsabilidade delegada, mas o sentido é intencionalmente confundido pela ironia: "pura coincidência ocasional", nestes "personagens tão nossos conhecidos", e o caráter sibilino da última frase.

Em momentos mais agudos, tomado pela dinâmica de seu discurso, Mario insiste na imprecisão dos enunciados:

"— É muito vago, Janjão.

— É muito vago, Pastor Fido é..." (O *Banquete,* p. 133).

No 5º capítulo espanta-se:

"Mas é incrível como os meus personagens já estão agindo sem a minha interferência: não consigo conter mais eles" (*O Banquete*, p. 122).

Num texto de pura ficção, novela ou romance, observações assim teriam sem problema seu lugar. Elas seriam aí apenas informações sobre as personagens, enquanto que n' O *Banquete,* texto de pensador, elas são alertas sobre as idéias que se expõe. Tais precauções, mais as facilidades que lhe permitem o tom de conversa de salão, brilhante, bem educada e bem humorada (humor cuja flor absoluta é a declaração peremptória e inesquecível do Pastor Fido: "Mozart é o Vicente Celestino do Século Dezoito!"), todos esses elementos permitem tiradas e reflexões desvairadas, como a argumentação em favor da influência francesa (O *Banquete,* págs. 108 e 109) ou as referências desairosas à musicalidade germânica:

> "E a cultura musical germânica é quadrada por demais profundamente estúpida — os compositores alemães são os mais burros do mundo — só Haendel e Beethoven escapam disso! (...) Os professores musicalmente germanizados (...) não têm a menor capacidade pra entender a música dos outros países, e muito menos a difícil rítmica nacional. Tocam quadrado. Tocam burramente, com uma estupidez que chega ao angélico" (0 *Banquete,* p. 109).

E saltamos o trecho onde Bruckner e Mahler (comparados a Jadassohns!) aparecem como "formidáveis técnicos da música e da estupidez humana!". Mas o auge do delírio encontra-se seguramente na constatação que Bach, "tipicamente nas peças de órgão", demonstra a tristeza pós-coito, "aquela psicologia do 'animal triste', dos excessos sexuais"! (0 *Banquete,* p. 136). Mas Mario, no seu próprio texto, pisca-nos o olho, criando a indignação do político Felix de Cima: "Aquele jeito de tratarem Mozart, Bach gênios respeitados!... Então como é que esses levianos haviam de tratar Deus, Pátria, Família e o Governo!"(O *Banquete,* p. 101).

Reviravoltas também são freqüentes: uma personagem parece ir muito bem no seu raciocínio, quando um outro intervém, e as idéias dão guinadas, mudam de curso, voltam atrás ou se corrigem. Muitas vezes o pensamento de uma personagem se esclarece, toma uma nova dimensão com as afirmações dos outros: as reações mútuas engendram novas direções.

E é essa situação mesma que permite também divagações brilhantes, entre outras a teoria sobre a batida, anunciada por Felix de Cima, e sobretudo a página sublime que estabelece a ligação entre o esporte e a morte.

Entretanto, as astúcias que liberam o escritor complicam sem dúvida a compreensão do leitor. Porque, se deixarmos as regras do jogo ambíguo de lado e perguntarmos onde encontrar o pensamento do autor, a resposta não é simples.

Para termos uma idéia da estrutura, por vezes diabólica, onde Mario se diverte com espelhos que se refletem, tomemos um exemplo preciso em seu encadeamento. Mario de Andrade escreve num rodapé da *Folha de São Paulo,* onde expõe suas idéias. Nesse rodapé cria um diálogo, O *Banquete,* onde elas serão exprimidas e discutidas por personagens. Uma dessas personagens, Sarah Light, tem algumas idéias sobre a estética, que descobrimos serem notas tomadas pela personagem num curso dado por... Mario de Andrade em 1928! E considerando que Sarah Light é uma personagem que, à primeira vista, dificilmente seria um porta-voz autorizado do autor, o leitor só pode constatar que se deixou amarrar como um salame.

Numa tentativa de situar-nos nesse labirinto, experimentemos então proceder escolarmente, examinando uma a uma, as personagens do texto.

Sarah Light

No primeiro capítulo, "As apresentações", Mario situa as três personagens "donos da vida", representantes ou instrumentos da classe dominante. Na base está Sarah Light, a milionária, "plutocrata", como ele a define, que oferece o banquete. Sarah Light é "israelita irredutível", nascida em Nova Iorque e com isso Mario caracteriza ao mesmo tempo o capitalismo internacional e a ausência de raízes — Sarah Light é um pouco o judeu errante sem pátria, adaptando-se como pode às culturas onde vive. Seu prato por excelência é a "salada americana", fascinante, traiçoeira, mas "sem cheiro" — sem um cheiro que a defina culturalmente. Porém, estas correspondências mais gerais, que situam a personagem quase como um símbolo, não são tão simples assim. Por exemplo, empregando o mesmo adjetivo "irredutível", associa os judeus à cultura germânica :

> "É pândego: os mais perigosos são justamente os professores sem pátria, os israelistas, Nunca fui contra os judeus, Deus me livre! Mas não sei si é por virem duma cultura muito irredutível, pois são quase todos das partes centrais da Europa, e quando não germânicos de terra de nascença, são profundamente germanizados" (O *Banquete,* p. 109).

Também encontramos na p. 107:

> "a milionária ferida naquele meigo patriotismo irredutível que faz a gente amar pra sempre a terra em que nasceu".

Pois Sarah é também uma caricatura dos estrangeiros que ignoraram ou combateram o movimento modernista. Na conferência que tem exatamente esse título — "Movimento modernista" —, de 1942,[3] Mario lembra com gratidão da aristocracia tradicional, autenticamente brasileira, que deu a "mão forte" aos jovens. D. Olívia Guedes Penteado é a antítese de Sarah Light, símbolo (ainda) dos "aristôs do dinheiro" que

3. *In Aspectos da literatura brasileira,* São Paulo, Martins ed., p, 230 e 231.

"nos odiavam no princípio e sempre nos olharam com desconfiança. Nenhum salão de ricaços tivemos, nenhum milionário estrangeiro nos acolheu. Os italianos, alemães, os israelistas se faziam demais guardadores do bom senso nacional que Prados, Penteados e Amarais ...".

Enfim, o pouco que sabemos de Sarah nos auxilia a compreender que seu interesse pela música passe pelo desejo físico de Janjão. É por causa dele que, com seu dinheiro, pode constituir uma discoteca "colossal", maior do mundo (americanamente, como a salada, também "maior do mundo"). Do mesmo modo que para o político e a virtuose, o interesse que dá à música é desonesta camuflagem: assim na página notável em que Mario traça um paralelo entre as músicas que ela ouve e as experiências refinadas de sua "toilette" (*O Banquete*, p. 73). Aliás, o tema da relação entre os diversos gêneros da música e comportamentos humanos é caro a Mario desde "Terapêutica musical", onde o problema aparece ligado a comportamentos coletivos e não individuais, tratado de maneira certamente menos refinada, mas no mesmo espírito. Tal tipo de contato com a música, segundo Mario, escapa ao domínio da Arte, com maiúscula. A música "funcional" está fora dos prazeres puros e profundos, produzidos pela música pura e profunda, "estética", desligada do quotidiano e sacralizada num momento definido. Depois de ter estabelecido um programa de rádio que acompanhasse, da manhã à noite as funções humanas (p. 55 e 56), Mário conclui "Terapêutica musical" lembrando:

> "É que estou pressentindo a objeção de todos: — mas nesse caso não haverá mais lugar para concertos! ... Haverá sempre concertos e horas serão também determinadas para que todos escutem um Mozart, um Scarlatti, um Wagner, um Henrique Oswald. Mas isso é domínio da estética e não desta notícia em que tive a audácia imperdoável de namorar com a medicina..." (p. 56).

Assim Sarah Light transforma música "artística" (Rameau, Bach etc.) em música "funcional", como má ouvinte, que se incomoda pouco com a arte. E o interesse superficial que consagra à música fá-la intervir pouco nas discussões teóricas: seu papel resume-se freqüentemente em colocar questões simples que outros desenvolverão. Assim ela vai buscar a idéia que a "estética faz parte da própria técnica" ou o exemplo de Seurat que ilustra aquilo que Mario chama "o dinamismo das comoções estéticas" (O *Banquete, págs. 77 e 86), tirado do curso que o próprio Mario fizera no Colégio des Oiseaux. Com conhecimentos de "cultura geral",* fornecidos por um colégio grã-fino, a boa representante desses "aristôs do dinheiro", odiados pelo autor, Sarah nem sabe que Mario de Andrade escreveu *Macunaíma.* Ela defenderá a arte como privilégio de classe, e nisso terá o apoio do político (O *Banquete,* p.92). E encontra-se comprometida e compromissada com ele também, na crítica falsificada ao poder, na pseudo-oposição ao governo (O *Banquete,* págs. 114 e 115).

O autor esmiúça, além desses, outros mecanismos seus, conscientes ou inconscientes: os "duelos" de beleza e fascinação com a cantora, as flutuações de seu amor, cujas inclinações passam de Janjão a Pastor Fido, seus sentimentos eróticos mesmo, em relação aos três homens presentes. E inesperadamente descobrimos que Sarah é "uma grande mulher", menos símbolo e quase essência feminina, escapando aos caracteres de classe, à plutocracia que a define:

> "Brisa do entardecer! cheiro de lírios do brejo, infâncias, mães, ternuras, grutas abismais, força terrestre quente, gosto, arroubo de sexualidade ilimitável (...) A confusão existia sim, mas tão grave, tão harmoniosa — o sentimento é como o som, dá sempre sons harmônicos — que Sarah Light estava extasiada, completada, convertida ao seu total destino, mulher (...) E vos garanto que Sarah Light era uma grande mulher, que pena...Tive e tenho intenção de a mostrar desagradável, como de fato é. Mas nem sempre consigo conservá-la na sua classe de plutocrata, por-

que, pessoalmente, às vezes ela se esquece da classe e de mim, uma grande mulher!" (O *Banquete,* p. 127).

Felix de Cima

"De origem italiana e naturalmente fachista" (0 *Banquete,* p. 45), é o "carcamano", vítima natural de uma certa xenofobia reinante, pois o contingente imigratório italiano era o mais importante em São Paulo e desse modo o mais ameaçador.[4]

As ternuras dos "meus brasileiros lindamente misturados", das "italianinhas" e "costureirinhas ítalo-brasileiras" do *Clã do Jaboti,* do "galhardo filho de imigrantes, loiramente domando um automóvel" de *Paulicéia desvairada,* compensam mal o ambíguo "Tietê", também de *Paulicéia* que opõe as "gigantescas vitórias" do passado bandeirante à "— Nadador! Vamos partir pela via dum Mato Grosso? /lo! Mai!... / (...) /Vado a pranzare com la Ruth".

Realmente bem tímidas compensações, se pensarmos no Gigante Piaimã, o guloso "bom vivant" Venceslau Pietro Pietra, quase irmão gêmeo de Felix de Cima. Como o vilão de *Macunaíma,* este conhece bem farras, mulheres, comidas, bebidas. Apesar do "além de ignorante, muito burro", Felix escapa da mão de Mario ao dissertar sobre os prazeres da mesa, capaz de sutilezas e lirismos sobre a caninha e o vatapá: é que aí encontramos a palavra do autor, em primeira mão. Mario "gourmet", autor dessa obra-prima de humor edipiano-gastronômico-autobiográfico que é o "Peru de natal", já havia confessado:

4. Alfredo Ellis (Junior) na "Revista Nova" (dirigida por Paulo Prado, Mario de Andrade e Antonio de Alcântara Machado), lembrava em 1931 que "seria muito difficil de prever o resultado da imigração italiana em São Paulo, posta em scena de um modo perigosíssimo para a brasilidade, com as avalanches annuaes, cujo total sobe a 75% da população preexistente". Tal inquietude é próxima da de Mario, e a precipitação em que afirma — sem apoio científico maior — que "o italiano foi engulido, sem deixar grandes vestígios de natureza ethnico-sociologica da sua passagem" é mais um meio de afirmar a força da cultura "autenticamente" brasileira, minimizando a contribuição dos recém-chegados. Alfredo Ellis (Junior), *Populações paulistas, in* "Revista Nova", ano 1, nº 1, 15 de março de 1931, p. 54.

"Gosto porém muito de arte culinária, invento pratos e creio mesmo que se tivesse nascido noutra classe, seria algum cozinheiro famoso".[5]

Além de burro e ignorante, Felix, quase conseqüentemente, é político. Defende as instituições que garantem o seu ser "de cima", numa ambigüidade de parolagens democráticas que escondem a ditadura, as falcatruas, o interesse em frear qualquer desenvolvimento cultural. Pois Felix é também "protetor" das artes, e é por isso mesmo que participa à mesa de Sarah, que estrategicamente quer fazer Janjão entrar nas graças do governo.

A personagem de Felix de Cima permite bem ao autor fazer sobressair os mecanismos da demagogia. Ele é, sem dúvida, exemplar, e em certos aspectos muito atual. As páginas sobre a aparente crítica ao governo, sobre os disfarces do GELO (Grupo Escolar da Liberdade de Opinião), independentemente do alcance que possam ter em outros momentos da história do Brasil, refletem o instante agudo da demagogia getulista que, tentando ganhar tempo sob as pressões que lhe são feitas, promete o restabelecimento da democracia representativa. Mesmo o GELO é uma transposição caricata do antigo DIP (Departamento de Imprensa e Propaganda), órgão que substitui os silêncios provocados na imprensa pela violenta censura.[6]

É claro que em realidade Felix, do mesmo modo que Sarah, não tem o menor interesse pelas artes; protege-as, o que é coisa muito diferente: conseqüência de acontecimentos acidentais (entre os quais, por exemplo, uma "diseuse" da Virgínia), ele criara uma cômoda imagem de mecenas. O que

5. *Perguntas de Macauley e Company e respostas de Mario de Andrade, in* "Revista do Arquivo Municipal", CLXXX, 1970, p. 243.

6. Ver sobre o problema — Leôncio Basbaum, *História Sincera da República,* São Paulo, fulgor, 1968, 3ª ed., 2ª parte, cap. 2 e 4; e também José Maria Bello, *História da República,* São Paulo, Cia. Ed, Nacional, 1959, cap. 24.

a arte pode trazer-lhe é apenas o prazer sensual, "vulgar", que se encontra no mesmo nível das comidas e bebidas; alma "concupiscível" — para empregarmos a expressão platônica —, o dirigente Felix de Cima como quadro só possui um nu "aguichant".

Uma tal personagem não é coisa nova na obra de Mario: ele existe como conseqüência da reforma do gosto que a transformação dos critérios artísticos da primeira metade deste século impôs, reforma e transformações das quais Mario é ardente partidário. A crítica de valores que lhe parecem ultrapassados e falsos é familiar, mesmo em sua poesia. Essa crítica atinge o auge de sua verve cáustica na série "Arte em São Paulo", aparecida em 1927 no *Diário Nacional,*[7] e toma um caráter de violenta denúncia na "Campanha contra as temporadas líricas", de 1928, quando o dinheiro e os poderes públicos se comprometem com manifestações que Mario acusa de falsificação cultural, num tom não muito distante do que encontramos por vezes n'O *Banquete:*

> "Iniciou-se ontem, por mais uma vez, essa bonita festa de ricaço decorada com o título de Temporada Lírica Oficial (...). O povo está abolido, a arte está abolida. Uma ou outra manifestação mais legítima não passa de hipocrisia pra enganar a realidade. Hipocrisia do governo da cidade que mantém uma comissão pra vigiar a elevação artística da temporada. Hipocrisia duma comissão arcaica, absolutamente desprovida de ideal legitimável".[8]

Por trás de textos como estes, já está pairando a sombra de Felix de Cima. Assim, n'O *Banquete,* sua aparição é a cristalização numa personagem dos descaminhos da política artística brasileira, que Mário conhecia tão bem e de longa data.

7. *In* Mário de Andrade, *Taxi e Crônicas no Diário Nacional,* São Paulo, Livr. Duas Cidades, 1976.
8. Mário de Andrade, *Música doce música,* São Paulo, Martins Ed., 1963 (em particular a secção "Música de pancadaria"), p. 193.

Quanto às idéias do italiano, sobre a arte, são minúsculas — o gosto por Respighí e Ravel (que Mario pensa, de uma certa forma, acadêmicos), a ideiazinha do "belo horrível" que Mario combatera já em 1921, no "Prefácio Interessantíssimo" de *Paulicéia desvairada.*

Evidentemente seu programa de proteção às artes é sumário e desastroso: horror às manifestações contemporâneas mais ousadas (às quais associa o epíteto então corrente de "arte bolchevique') , desprezo às manifestações nacionais,[9] proteção arbitrária e imbecil a estrangeiros: é bem claro que , essa noção moralizadora da Arte que deve ser servida, tão cara à Mario, é impenetrável em tal cabeça que traduz um mundo estúpido, oportunista e irremediavelmente desonesto.

Siomara Ponga

"Cantora virtuose celebérrima", de origem espanhola, Siomara Ponga completa o trio das personagens pertencentes à classe dominante. Mas artista de formação perfeita, consciente de seus meios e possibilidades, excelente intérprete, seu espírito é um pouco menos mesquinho: a participação à esfera da arte como que a eleva, e Mario por vezes nos faz assistir contradições, remorsos, tentações, de se deixar levar por uma fidelidade à arte que pratica. No entanto tais dores de consciência são logo escamoteadas, pois Siomara trai o que poderia ser seu destino verdadeiro:

> "Os senhores conhecem o verbo 'pongar'? é irresistível, Siomara Ponga era uma virtuose célebre, coitada, 'pongava'

9. Felix de Cima por vezes se embaraça todo com o pseudo-nacionalismo que era uma das palavras de ordem governamentais da época. Assim:

> "No jornal do Governo, a crítica musical é feita por um moço muito distinto que estudou na Europa. Até é estrangeiro de nascença e eu sou contra os estrangeiros que vem nos ensinar. Mentira tem tudo e não precisa de estrangeiros. Nós precisamos nacionalizar Mentira, como estão fazendo no Brasil e na Argentina, esses é que estão bem orientados" (*O Banquete*, p. 104).

todos os bondes como os meninos da rua, ia para onde os ventos sopravam, desde que os ventos fossem públicos (...). Mas do alto da sua grandeza, da sua cultura, da sua beleza, e também da sua escravidão de virtuose, se ela não aderia, ela concedia" (O *Banquete*, p.160).

Desse modo a questão que se põe com a personagem é uma questão moral, uma questão de atitude diante da arte: sua inteligência, sua técnica impecável, suas interpretações notáveis só se colocam ao serviço de si própria, de sua vaidade:

> "E o vício da sua destinação, o exterior que escolhera, eram tão fortes sobre ela que, por mais que o seu espírito cultivado e o seu gosto espontâneo recalcitrassem, todos os aspectos imoderados da triunfal idade a encantavam" (O *Banquete*, p. 160).

Mario considera que a vaidade é um traço principal e constante da psicologia dos artistas: "monstros pela vaidade". E a vocação sacrificial que percorre sua vida e obra fá-lo exasperar-se contra isso, inda mais quando o artista (como é o caso de Siomara) tem meios para fazer outra coisa com sua arte que contentar-se em ser "virtuose celebérrima". É sabido: aquilo que chamamos "vocação sacrificial" levou o autor d´ "A meditação sobre o Tietê" ao combate e à luta pela arte de seu tempo e de seu país, incessantemente. E é esse ideal que acusa e denuncia as concessões da cantora:

> "Mas a (vaidade) de Siomara era 'inconcebível', justamente porque a cultura que alcançara a deveria levar a esse processo de superação da vaidade, de dignificação da vaidade, que a fecunda, e a transforma num orgulho mais útil. Como o dos virtuoses que se dedicam sistematicamente à educação do seu público, ou dos que travam batalha pela música do seu tempo (...)" (*O Banquete*, p. 50).

Desses, Mario tinha o exemplo perfeito, oposto a Siomara: o de Helsie Huston, que tanto fizera pela música brasileira, e à qual, no momento de sua morte, Mario dedicara um artigo no "Mundo Musical", onde nos lega um admirável retrato da cantora.[10]

Não é casual o fato que Mario tenha justamente dado a Siomara o dom do canto. Ele denunciara várias vezes a "pianolatria" brasileira, e com um fim polêmico a virtuosidade pianística poderia perfeitamente caracterizar Siomara. Mas se escolhe o canto, é que isso traz mais imediatamente à baila o problema da música nacional, de um modo diretamente ligado a esforços seus.

Em 1938, sob sua direção, o Departamento de Cultura da Prefeitura de São Paulo promovera um Congresso da língua Nacional Cantada, que estabelece normas de pronúncia, debruçando-se sobre problemas técnicos de interpretação, de escritura musical etc... ligados à arte do canto brasileiro. Os anais desse Congresso, que foram publicados, formam extraordinário instrumento técnico não encontrando equivalente algum na história de nossa música. Abandonando o esforço de cantar brasileiro (O *Banquete, p. 51), Siomara abdica de uma carreira que expressasse a* música nacional em plena construção e que daria um sentido de utilidade profunda à sua arte. "Amansara" — como ela diz de si mesma, contentando-se de um convencionalismo que Mario abomina:

> "O fazer bem e certinho lhe sossegava uma consciência fácil, o conformismo domesticado, a subserviência às classes dominantes" (O *Banquete,* p. 53).

Suas audácias derrisórias não vão mais longe que um extravagante vestido amarelo — do qual, aliás, a idade chegando, começa a ter medo.

Sua interpretação é impessoal — ela procura revelar os artistas "na sua permanência, na sua mensagem" (O *Banquete,*

10. "Helsie Huston", de 10 de junho de 1943.

p. 129). E Mario recusa essa eternidade da arte, propõe uma relação personalizada que revele a reação do artista num momento transitório diante da obra. Ele prefere a febre de entregar-se totalmente a uma apresentação pessoal — e desse modo, atual — da obra interpretada. "Milagre de amor", como dissera uma vez de Magda Tagliaferro, num artigo que já em 1924 colocava nos mesmos termos a questão.[11]

Entretanto a personagem de Siomara não é nem tão simples, nem unicamente negativa. Ela possui conhecimentos musicais profundos e uma cultura sólida e vasta: é o bem seguro profissional no seu esplendor, do qual mesmo o compositor Janjão teme a "força intelectual". Com isso, pode discorrer inteligentemente e em muitas coisas podemos reconhecer Mario, que aliás projeta na cantora mesmo um episódio autobiográfico: o caso da natureza morta de Donato Bosi e do *Homem Amarelo* de Anita Malfatti (O *Banquete, p. 90). Também podemos supor que o retrato feito por* Portinari e referido pela cantora, "de dois azues e muito diversos de coloração", representando um "rosto quente muito amorenado do homem" (O *Banquete,* p.87) seja o próprio retrato de Mario. E o autor mesmo se diverte intrigando-nos com uma relação obscura que parece manter com a personagem, irrompendo numa observação isolada do texto por parênteses e que compreendemos mal. É quando Siomara discorre sobre a comoção estética, específica, em oposição à colaboração forte do espírito nas outras emoções. Contra estas últimas, é possível reagir — elas se alojam no espírito. Contra as emoções estéticas é impossível, pois elas dependem do objeto artístico diante de nós: ela não é contínua, se o objeto não nos estimula, ela desaparece. A virtuose conclui:

> "Ao passo que é possível reagir contra o amor, o ódio e mesmo a excitação sexual, não só como afetos, mas como comoções".

11. "O caso Magda Tagliaferro", in M. Batista, T. Lopez e Y. Lima — *Brasil: 1° tempo modernista* — 1917/29 *Documentação*, São Paulo, I.E.B., p. 321 e seg.

A frase tem seu lugar no discurso de Siomara, e podemos mesmo crer que todo esse desenvolvimento não seja desaprovado por Mario, que tanto se interessava pelas reações dos espectadores, ouvintes, diante das emoções da arte e da vida. Mas ele evoca também a personagem fria, assexuada, sacrificando paixões e alma, que a cantora fizera de si mesma. E é bem aí que a voz do autor intervém

> "(Ah! perfil duro, perfil duro... Hoje, mesmo quanto te contemplo, parece impossível recobrar o passado a ressentir tanta ventura irrealizada que sofri... Mas... mudaria o Natal ou mudei eu? ... Bom) (O *Banquete,* p.89).

As dissertações de Siomara sobre as sensações estéticas no capítulo III estão ligadas a interesses do próprio Mário. Assim, o desenvolvimento sobre a relação arte/técnica, que parte de uma definição do autor e de uma reflexão sobre "O artista e o artesão" (explicitamente mencionados no texto), é um prolongamento, uma afinação do problema. Mario aliás fora provavelmente levado a fazê-lo em conseqüência de uma polêmica com Sérgio Milliet, que o acusara de complicar inutilmente os dados do problema com definições desnecessárias.[12] E sobre as reações psicofisiológicas diante do objeto artístico, encontrar-se-ão desenvolvimentos da mesma natureza em "Do desenho",[13] ou na "Terapêutica musical" *(op. cit.)* .Por vezes, o texto é uma tentativa de definição estética, sente-se uma necessidade no autor de precisar suas próprias idéias, ao mesmo tempo que nos oferece as chaves de seu pensamento: assim a reflexão sobre o ritmo (O *Banquete,* págs. 84 a 86), a relação entre a comoção estética de um erudito e de um ignorante (O *Banquete.* págs.91 e 92). No fim do capítulo, Siomara é tão Mario que Sarah Light é obrigada a chamar sua atenção, lembrando (de modo indireto, mas logo clarificado pelo político) que o gozo das artes é

12. Cf. "Esquerzo", *in* "Mundo Musical".
13. *In Aspectos das artes plásticas no Brasil,* São Paulo, Martins Ed., 1965.

um privilégio de classe, e provocando um remorso desanimado na grande virtuose (O *Banquete,* págs.91 a 93).

Qual é o interesse de tais reflexões? Um primeiro, essencial: elas nos permitem compreender os pontos de referência dos mecanismos do pensamento do autor. Não importa que por vezes o texto pareça pouco original, ou pouco rigoroso, o interessante é, ao contrário, saber como Mario sentia, utilizava, resolvia suas preocupações. E no esforço por vezes confuso de se situar,[14] Mario levanta coelhos importantes: por exemplo o problema da cultura popular diante da cultura "erudita" — fenômeno de distância que ele situa a partir do século XIX e que começa apenas agora a aparecer nas preocupações de historiadores da arte como Berthold Hinz e T. J. Clark. Mas o autor mesmo coloca em questão tudo o que diz através da voz de Siomara Ponga: as discussões estéticas não resolvem problemas concretos, imediatos e essenciais:

> "O tempo passara e eles muito entretidos naquele lero-lero estético. Não tinham combinado nada a respeito do compositor" (O *Banquete,* p.93).

Antes da interrupção definitiva do texto, Siomara ainda intervirá, de modo importante, numa longa exposição sobre a morte e o amor (O *Banquete,* p. 133), por vezes sendo a personagem, por vezes sendo muito Mario: na melancolia da evocação do esporte,[15] nos meandros brilhantes da reflexão so-

14. Confusão que se acrescenta de um problema. A legendária cultura de Mario é indiscutivelmente vasta e universal. Ela é entretanto autodidata, e um universitário, por exemplo, poderá assustar-se com os saltos comparativos — e abusivos — que ligam artes e artistas de períodos e regiões muito distantes: Siomara associa Bach a Rafael, Michelangelo, Veronese e Ticiano, afastando-o de Tiepolo; e mesmo coloca coisas sem sentido ou, no limite, falsas, como a ausência de consciência individualizadora na pintura do século XVI italiano (Rafael, Michelangelo, Ticiano, Veronese e Da Vinci), oposta à "vontade de especificação pessoal" da pintura "flamenga" do século XVII (incluindo Hals e Rembrandt ao lado de Rubens e Teniers!). Que lacunas sejam assim por vezes preenchidas com referências rápidas e pouco sérias, embora aparentemente brilhantes, é inegável, mas elas representam também um meio que permite às idéias motoras e fecundas avançar. E não podemos esquecer que, ao lado desses malabarismos, Mario produziu estudos de rigor e valor indiscutíveis — já que estamos no domínio das artes plásticas, lembremos apenas o perfeitíssimo trabalho sobre o Pe. Jesuíno do Monte Carmelo.

15. Num registro próximo, Mario já pensara a questão em "Brasil x Argentina" de 1939, *in Os filhos da Candinha,* São Paulo, Martins Ed., 1963.

bre a síncopa e o amor. Tais textos entretanto não apagam a impressão de frieza, de desperdício estéril que escapa da cantora. Siomara é uma "acadêmica". A ela em contraste se colocará Janjão, o sincero criador.

Janjão

A virtuosidade, mais que um problema puramente técnico, propõe um problema moral. Tem-se a impressão que o intérprete "útil" no Brasil de 1944 pode facilmente saber seu caminho, que é essencialmente a colaboração de um estilo que se associa às especificidades da criação nacional, e a divulgação de obras dessa criação. A função do intérprete parece bastante precisa, e no fundo pouco problemática: sua atitude de base diante da arte brasileira, ao mesmo tempo de serviço e colaboração, não faz dúvida para Mario e os modos dessa relação não são nem complexos nem ambíguos, Para o artista criador, o problema — no momento em que Mário escreve — é muito menos claro: ele não está "diante" de alguma coisa, como o intérprete, mas cabe a ele, numa situação geral que é tateante e complicada, construir a estrutura do edifício a partir de pontos de referência que se embrulham, confundem-se, enganam.

Na base está o que poderíamos chamar de fidelidade ao ideal de uma criação que progride sempre. Um exemplo um pouco simbólico e que marcara muito Mario, transparecendo n'O *Banquete* e em outros escritos, é o caso de Carlos Gomes.[16] O grande compositor brasileiro partira para a Itália e tivera um "sucesso fulminante" com O *Guarani.* Na sua ópera seguinte tenta ir mais adiante e com um sentido dramático notável precede as soluções de *Carmen,* interessa-se pelas proposições de Wagner e faz da admirável *Fosca* uma obra que

16. Mário de Andrade — *Fosca, in* "Revista Brasileira de Música", número especial consagrado ao 1° centenário do nascimento de A. Carlos Gomes, 1936, p 251 e seg.

ambiciona ir "um pouco além do ponto em que jazia a italianidade sonora do tempo" *(Fosca, op. cít.,* p. 252), Mas *Fosca* foi quase um fracasso e o medo de perder sua popularidade fê-lo escrever "em língua de público" *Salvator Rosa,* voltando atrás e reencontrando o sucesso perdido. O compositor vendera sua alma ao diabo.

Apólogo do artista que trai seu ideal da verdadeira Arte pelo sucesso, a história de Carlos Gomes é advertência. Mas a "verdadeira Arte" não é sempre facilmente identificável e a situação do artista pouco segura. Janjão, no capítulo II anuncia claramente: as orientações teóricas não levam à "verdadeira Arte", elas constituem direções cômodas, mas por aí mesmo conformistas. Nada de teorias precisas e claramente organizadas: o artista deve ter uma "estesia" — palavra mais ambígua, mas que contém nela o dinamismo e o estímulo de um fazer contínuo:

> "A arte é uma doença, é uma insatisfação humana: e o artista combate a doença fazendo mais arte, outra arte" (O *Banquete,* p.60).

Não se trata no entanto de uma produção que se repete; trata-se desse "fazer melhor" tão essencial para Mário. Se não for assim o artista será conformista ou pior, um "folclórico". Neste ponto colocam-se as relações entre o artista e a produção popular: passagem difícil que Mário resolve mal. A arte do povo é o que chamamos folclore, e está ligada a condições de classe e a comportamentos sociais específicos: ignorância (analfabetismo) e conservadorismo. Está latente a noção, embora o autor não a utilize nem a leve às conseqüências, que o "povo" possui uma cultura que tende a desaparecer com o progresso "civilizador". Em todo caso há uma distância irreparável entre os artistas "eruditos" e a cultura popular. Não se pode fazer arte para o povo. Como ele diz, é "teoria curta". Qual é então a função do artista? melhorar a vida. A arte, porque não é conformista, é uma "proposição de felicidade":

solução através de um conceito vaguíssimo, que se consola e se refugia na sua generalidade mesma.

Melhorar a vida significará fazer arte de combate, "arte proletária", "arte social"? Não; e arte social não significa arte de combate, arte "engajada" como diríamos hoje — e é mesmo refletindo sobre as funções sociais da arte (que no caso de Mario são antes psicossociais) que se pode passar a uma etapa mais profunda dos deveres do artista. Pois a reflexão sobre o problema da função social da arte não somente levaria o artista a intervir em fatores mais exteriores como a concepção do assunto, mas de um modo mais íntimo, da própria técnica.

Siomara Ponga discutirá questões próximas, na ausência do compositor (O *Banquete,* p. 77). Mas enquanto a cantora fica em considerações gerais e exteriores, numa espécie de diletantismo estético, teorizando apenas, Janjão traz tais problemas à sua proporção central — a atitude do artista diante da vida. Assim, a arte social o leva a uma concepção que opõe "técnicas do acabado" e "técnicas do inacabado" — as primeiras, afirmativas e dogmáticas, indiscutíveis; as segundas, insatisfeitas, "maltratam, excitam o espectador e o põem de pé", prestes para o combate. Há artes abertas (desenho,[17] teatro) e técnicas "abertas" — assim, por exemplo, o problema da dissonância. Já vimos que sua: idéia de dissonância = insatisfação vem da teoria clássica; Mario a projeta no passado (antigüidade grega, "Ars Nova") para apoiar o argumento que a dissonância é uma técnica do inacabado, dinâmica e violenta. Desse modo, há meios específicos imanentes à arte, próprios para a produção de combate:

> "Toda obra de circunstância, principalmente a de combate, não só permite mas exige as técnicas mais violentas e dinâmicas do inacabado" (O *Banquete,* p. 62).

17. Cf. Mário de Andrade, "Do desenho", *op. cit.*

É inútil discutir aqui a "verdade" dessas proposições: o que conta é o exemplo de busca de elementos que sirvam como meios não conformistas da produção artística, penetrando intimamente na "natureza" da arte (mesmo se sabemos, à distância do texto, que essa "natureza" é em realidade circunstancialmente ligada à noções de tempo).

O artista entretanto deve se recusar a uma arte de combate "ao alcance do povo", se isso significa concessão ou hipocrisia em face de si mesmo:

> "Eu sou de formação burguesa cem por cento, você esquece?" (O *Banquete*, p. 63).

Mas a consciência aguda da aristocracia individual do artista (um pouco como no Delacroix da maturidade: "o homem que faz a 'sua' moral, só aceita a 'sua' verdade, numa libertação indiferente a quaisquer... representações coletivas" (O *Banquete*, p. 63), o leva a um "elevado senso moral" e a uma "verdade coletiva": respeitando a liberdade pessoal na sua "evidência", ela "dita uma verdade e uma moral que coincidem necessariamente com o Bem e a Verdade" — a consciência da própria individualidade e da própria liberdade leva a uma sabedoria que implica a consciência da Liberdade. Mas é claro, nesse momento começam as contradições: a consciência exige o empenho. Que fazer? E Mario retorna, violentando-se, à arte de combate que recusara antes — Janjão é autor de obras que são populares "como concepção do assunto, exaltando as formas proletárias da vida". E justifica-se num entregar-se consciente a essa produção de um certo modo "hipócrita" — deixa-se manipular, faz-se boneco, mas aí consciente: "Tudo está em ser boneco consciente da sua bonequice". E supera a noção da aristocracia individual do artista com a constatação de que todo artista verdadeiro é um fora da lei, está fora dos compartimentos propostos pela sociedade que produz riquezas, seu olhar tem uma posição privilegiada:

"Porque sendo 'out law', extra-econômico por natureza, sem classe por natureza, sem povo por natureza, sem nação, o artista não deixa por menos: o que ele exige é a humanidade" (O *Banquete,* p.64).

Estamos, sem nenhuma dúvida, no âmbito das atitudes legadas pelo século XIX — ao aristocratismo de Delacroix se acrescenta o "out law" Courbet. Mario herda os problemas morais colocados pelos grandes do século que o precede: o ser fora das contingências sociais mas determinado pela sua moral superior, concebendo uma humanidade pela qual anseia, que ama e que teme.

Delacroix, Courbet, Byron mesmo. Mas a eles, tão próximos, Mario acrescenta o problema próprio ao nosso tempo — não só do engajamento do artista, mas da função política da arte ela mesma. Problema ao qual se associa, em Mario, a noção de sacrifício: a arte deve almejar servir e não ser a obra-prima eterna, para a posteridade. Ao contrário, um dos modos essenciais do empenho é o sacrifício à transitoriedade.[18]

Raramente em outros textos ficaram tão claras as contradições de Mario e a sua concepção ao mesmo tempo sacrificial e messiânica do artista. O que Janjão diz sai das profundezas da alma do autor: o "Esquerzo antifachista", a "Sinfonia do trabalho", essas músicas politicamente engajadas do compositor Janjão têm um equivalente na obra de Mario: a "Concepção melodramática" — *Café.* Lá Mario exige de si seu destino de melhorar a vida, e o poema admirável é também um admirável esforço. Mas as contradições e tateamentos de Janjão também nos são confiados nas confidências doloridas da *Lira paulistana,* e a lágrima de Janjão é a mesma que caíra nas águas escuras do rio, no noturno "A meditação sobre o Tietê".

18. Cf. sobre o problema do empenho do músico: Mario de Andrade, "Introdução" à v. Seroff — *Shostakovich,* E. G. O Cruzeiro, R. Janeiro, 1945. Mas este texto unilateral é, como o *Café,* uma proposição sem contradições. Aqui, como no poema, Mario é um pouco o "boneco".

"Janjão estava bastante envergonhado com a fraqueza que tivera de mostrar as suas contradições de artista, consciente da servidão social das artes mas incapaz de se libertar do seu individualismo" (O *Banquete,* p.65).

Este aflorar de contradições é um auto-questionamento, uma dúvida contínua que não abandona Mario no fim da sua vida. Devemos enviar o leitor a um texto essencial, completando as confissões de Janjão e mostrando sem desvios essa consciência lucidamente aguda e sempre insatisfeita: trata-se d' "O movimento modernista de 1942", que se encontra nos *Aspectos da Literatura Brasileira.*

Momento de crise para Mario, momento de revisão de sua vida e obra. "Marchar com as multidões", como diz no "Movimento modernista", fazer obra de combate, de luta, de empenho, é uma solução que o poeta Mário de Andrade provara, na tentativa de superar a atitude modernista, que lhe parece insuficiente:

> "E si agora percorro a minha obra já numerosa e que representa uma vida trabalhada, não me vejo uma só vez pegar a máscara do tempo e esbofeteá-la como ela merece. Quando muito lhe fiz de longe umas caretas. Mas isto, a mim, não me satisfaz ("Mov. Modernista", p. 243).

Talvez uma arte política, um *Café* ou um "Esquerzo antifachista" possam agredir mais a "máscara do tempo". Mas Janjão parece insatisfeito, não convencido: divagando em frases soltas, não crê na construção de "uma arte que interessasse as massas e as movesse". E propõe que a obra de arte seja malsã, continuamente revolucionária

> "no sentido de conter germes destruidores e intoxicadores, que malestarizem a vida ambiente e ajudem a botar por terra as formas gastas da sociedade" (O *Banquete,* p.65).

É bem Mario que fala aí — no "Movimento modernista" lembrara sua idade que avançava num muito tarde para recomeçar (e realmente Mario morreria três anos depois) — e Janjão, embora moço, "não conseguiria *mais* refazer seu Caminho", mas pode tentar fazer "obras que entusiasmem os *mais novos,* ainda capazes de se coletivizar" (O *Banquete, p.65, sublinhado por nós). Lição para "os mais novos":* construir, teorizar, afirmar não; é preciso "agir destruindo". Os modernistas, diz Janjão, destruíram velhos cânones burgueses, mas construíram outros, burgueses também — fizeram na realidade uma atualização ideológica para a própria burguesia.

E Janjão lembra o "Prefácio Interessantíssimo" de *Paulicéia desvairada,* onde há antes enriquecimento de formas que destruição:

> "Mas não desdenho baloiços dançarinos de redondilhas e decassílabos (...) Nesta questão de metros não sou aliado; sou como a Argentina: enriqueço-me" *(Poesias completas,* p. 20).
> "E isto é construção, Pastor Fido! É riqueza 'a mais', capitalismo" (O *Banquete,* p.66).

exclama Janjão (e poderíamos lembrar ainda, mais forte, a frase lâmina de Oswald evocando o engano ideológico no texto terrível que precede *Serafim Ponte Grande* (1933): "A situação 'revolucionária' desta bosta mental sul-americana apresentava-se assim: o contrário do burguês não era o proletário — era o boêmio!").[19]

Que a arte contenha os germes de destruição não quer dizer que ela mesma não seja construída. Mario falara em técnicas abertas, capazes de serem, no interior da arte mesma, "irrecuperáveis". Na realidade, a técnica pode ser construtiva, e mesmo a técnica artesanal "objetiva" — ultrapassando os homens e as escolas não é perigosa. Perigosas são as técnicas individuais[20] que podem eventualmente serem aproveita-

19. Oswald de Andrade — *Serafim Ponte Grande,* Obras completas 2, São Paulo, Civ. Brasileira, 1971.
20. Mário dá um sentido largo à noção de técnica: Siomara dirá — é "o conjunto de conhecimentos práticos com que o artista move o material prá construir a obra de arte" —nisso incluindo a estética própria ao artista. Poderíamos dizer que o estilo participa dessa noção larga de técnica.

das pela classe dominante. É — ainda uma vez — inútil discutir sobre os exemplos que Mario toma na história das artes para ilustrar sua teoria, exemplos e visão histórica discutíveis. Assinalemos antes a importância dessa idéia de conseguir uma arte irrecuperável pelas classes dominantes, no sentido em que ela não forneça os elementos de uma fórmula cômoda destinados a construir objetos artísticos cuja finalidade será um jogo hedonístico pertencente aos "donos da vida".

Perdemo-nos com Mario nos seus exemplos e raciocínios historicamente inexatos. A noção que revém tão freqüentemente de "academismo", por exemplo, não é nunca tomada nas acepções diferentes que teve na evolução dos tempos. Ela tem aqui o sentido pejorativo de receitas a partir de uma escola — noção que lhe conferiu o século XIX, mas se alarga ainda, pois por ela Mario condena o artista que segue seguramente suas próprias receitas, já experimentadas e aprovadas, sem nada arriscar diante de seu público.[21]

A esses "acadêmicos" se opõem as audácias dos "fauves". Na realidade, Mario não define historicamente ou teoricamente esses conceitos: ele os vive — e se serve deles como elementos de luta. A revolta modernista lançara-o numa batalha contínua contra os "mestres do passado" "acadêmicos" e se alargara contra tudo que parecerá conformismo em arte. O historiador contemporâneo pode perceber a complexidade dos fenômenos que esses conceitos — "acadêmicos", "fauves" — recobrem. Mas não cabia a Mario a compreensão dessas complexidades: temos que vê-lo também no *seu* momento histórico, quando as etiquetas definem a linha de demarcação de um campo de batalha, onde Mário se empenha nos combates de seu tempo.

Assim é a partir das facilidades do "academismo" que ele propõe uma vigilância contínua — "sabedor que há safadeza

21. Sobre esse aspecto do academismo, ver o artigo de 1930, "O Bolero de Ravel", *in Música doce música, op. cit.*, p. 259 a 261.

na inteligência (até na minha)" — das próprias proposições, recusando o acomodativo dos valores eternos, ensinando o combativo e o transitório. Lançar-se no futuro sem duvidar dele, mas exigindo sempre o "fazer melhor" de si mesmo. Para que o princípio mesmo da arte de nosso tempo fique sendo o "princípio da revolução".

"Fenômeno de amor", "princípio de revolução", "sacrificar-se ao transitório" — termos bem gerais, que podem ser utilizados com má fé elástica. Mas menos que esses termos, o importante é que no pensamento de Mario a atitude contínua de exigência de si impede a má fé, porque se questiona sempre. Mario deixou este mundo sem nenhuma posição clara, teórico que ele não era. Mas — melhor — o deixou questionando a si próprio e ao mundo, insatisfeito com ambos?[22]

Janjão refletirá mais especificamente sobre a música brasileira, no capítulo V, exigindo o princípio de utilidade, imediato, ligado à construção de um espírito nacional de música que está se formando. Algumas questões são mencionadas rapidamente, como o caso da síncopa, que é desviada por Siomara Ponga, mas que Mario já a tratara no *Ensaio sobre a música brasileira.*

Outras se esclarecem e se precisam: assim, a noção de nacionalismo que é um projeto sem dúvida artificial, "macunaímico": um nacionalismo feito como uma colcha de retalhos, o compositor devendo fabricar uma síntese dos elementos que conhecerá ou escolherá a partir das manifestações populares de todas as regiões do Brasil (e Mario pensa mesmo nas dificuldades das viagens, no problema do acesso a regiões isoladas). Mario de Andrade é fiel a si mesmo, combatendo o regionalismo, mas podemos nos perguntar se a solução de uma nacionalidade supra-regional, construída voluntá-

22. Mesmo a linguagem de Janjão é pouco afirmativa — ele é a personagem que freqüentemente perde em seu discurso, reconhecendo-lhes as vaguezas, "falando perdido no seu mundo nebuloso", dizendo coisas que lhe saem do mais profundo âmago de sua angústia, de suas incertezas, de suas questões.

ria e artificialmente — e inda mais na exigência de um trabalho sério, não superficial — tem um fundo realista qualquer. Nos nossos dias, em que os particularismos étnicos, locais, do mundo inteiro, se erguem e reivindicam especificidade e identidade, podemos nos interrogar se não faltou ao pensamento musical de Mário uma visão mais nuançada e refletida sobre os aspectos do regionalismo.

Mas o ponto mais violentamente desenvolvido, localiza-se nos problemas concretos, da formação musical, da crítica, das escolas, das manifestações musicais de todas as ordens, do isolamento dos compositores nos centros menos favorecidos do Brasil, da formação dos artistas, do comportamento dos responsáveis pela cultura. Problemas pragmáticos, diretos, sobre os quais não há nenhuma hesitação, atingidos pelo estilo fulminante de Mario. E são sobretudo esses aspectos que indisporão Janjão, artista verdadeiro, com a "classe dirigente", esses elementos concretos são o passo que determina o que fatalmente estava previsto:

> "Estava exausto do esforço que fizera pra vencer seus interesses justos, dizendo a verdade, mesmo na certeza de recusar pra sempre a proteção dos donos da vida que comiam ali" (O *Banquete,* p.145).

E Janjão, no capítulo X, não escrito, mas indicado no projeto de Mário, recusando a cumplicidade, será jogado na rua.

Pastor Fido

Janjão, compositor brasileiro, opõe-se assim aos "dominantes". Mas ao menos num primeiro momento ele não estará sozinho: encontrará no parque uma personagem um pouco misteriosa, brasileiro também, estudante, que define a si mesmo como um símbolo: ele é a mocidade que espera e investe no porvir — é vendedor de apólices da Companhia de Seguros a Infelicidade, e é também a "mosca azul" cantada por Machado de Assis. O poema, metáfora das ilusões da juventude, promete as glórias e os sucessos do futuro

> "— Eu sou a vida, eu sou a flor
> Das graças, o padrão da eterna meninice,
> E mais a glória, e mais o amor".

Mas os versos mesmos nos advertem — não tentemos dissecar esse Pastor Fido — Mosca Azul sob pena de destruir o que ele é: um sentimento profundo e indefinível.

Procuremos antes apreender a sua participação no texto.

Ele está numa posição mais geral que o universo estritamente musical de Janjão, e por vezes lembra ao compositor a obrigação de relacionar-se com o resto do mundo; no momento por exemplo em que Janjão, compositor "moderno", afirma detestar a arquitetura "moderna"; ou no momento em que Janjão reclama uma crítica que repouse numa análise essencialmente musical e técnica, o que não é uma solução, mas um refúgio que esconde o crítico dos problemas mais importantes das funções da arte. Aí, Pastor Fido protesta :

> "Técnica, técnica, só técnica! Si vocês exigem uma crítica técnica em vez de uma crítica boa, é por ignorância ou esquecimento do que seja a música integral, a Arte enfim. Crítica não é apontar as quintas, como bem caçoava Schumann" (O *Banquete,* p. 103).[23]

Isto é um assunto que lhe interessa muito, pois o destino de Pastor Fido era o jornalismo. Afinidade já muito grande com o autor, que dissera no primeiro artigo do "Mundo Musical":[24]

> "... daquela vez em que tive de escolher entre os meus sete instrumentos, o que me desse um número profissional na bicha pátria, escolhi o jornalismo".

23. Crítica que vai buscar o sentido das manifestações mesmo em elementos extra-artísticos, procurando situar o sentido, o papel da manifestação ela mesma. Cf. a série "Música de pancadaria", *in Música doce música, op. cit.*

24. "O maior músico", 20 de maio de 1943, p. 14.

Entretanto, diz Fido, a imprensa infelizmente entrou para o GELO, e não é mais possível "dizer a verdade verdadeira ao povo" (O *Banquete,* p. 57): o regime de repressão e censura condenara a mocidade — "ou apóia os donos da vida ou vira aquilo que você sabe" (O *Banquete, p. 57).* No entanto, apesar de tudo, essa mocidade guarda sempre um sentimento de esperança no peito.

Mas Mario, velho e desconfiado diante dos conformismos, faz de Pastor Fido um leitor de Matias Aires, e na sua digressão sobre os clássicos portugueses o opõe à *Arte de furtar* que, com suas certezas e seguranças corrosivas, castiga e denuncia ao invés de corrigir ou superar, e que propõe como motor a Esperança, "virtude esverdinhada e conformista". A virtude de Pastor Fido é antes a Charitas — "incendiada de amor".

Amor. Que é mola dos sentimentos políticos surgidos n'O *Banquete.* É Pastor Fido que vai trazer freqüentemente à baila a situação contemporânea de repressão, de censura, de brutalidade. É ele que, pontuando uma conversa abjeta e odiosa entre os dominantes, lembrará o golpe de 1937 e uma dramática manifestação antigovernamental, repetindo como um dobre: "nove de novembro" (O *Banquete,* p. 125). Amor. Ele rompe num choro desesperado de juventude, revolta e impotência, bem o mesmo que Mario concebera na sua mocidade modernista, vinte e dois anos antes:

> "— (...Caiu a noite, aliás, e na solidão da noite das mil estrelas as *Juvenilidades Auriverdes,* tombadas no solo, chorando, chorando o arrependimento do tresvario final.)
> *Minha loucura*
> (...)
> Espalhai vossas almas sobre o verde!
> Guardai nos mantos de sombra dos manacás
> os vossos vagalumes interiores!
> Inda serão um sol nos oiros do amanhã!
> Chorai! Chorai! Depois dormi!
> *(Paulicéia desvairada, op. cit.,* p. 62 e 63).

Amor. Esperança. O choro de Pastor Fido é errado, mal a propósito, desajeitado — mas, como jovem, tem o direito de errar, como afirmara numa conversa anterior Sarah Light. E Janjão se irmana com ele nesse choro.

Mas juventude terá mesmo esse direito? Pastor Fido é ambíguo, a hipoteca do futura não é segura, e ele se deixa consolar "gostoso" por Sarah Light, que já lhe interessara antes:

> "O instinto mais que a experiência o fazia pender pra Sarah Light, embora menos bonita e mais velha" (O *Banquete,* p.105).

E Janjão se dessolidariza dessa mocidade que se deixa seduzir na sua inconsciência sentimental. Pastor Fido não resiste à salada americana e triunfalista:

> "Mas não conseguia resistir à atração daquela salada enceguecedora. Não se entregara ainda, e tenhamos a esperança de que não se entregue nunca a uma salada em que havia até sorvete de creme e suco de pedregulho. Esperemos que ele saiba escolher dela apenas o que era útil à sua saúde humana. (...) Tínhamos que esperar até que a mocidade nossa madurasse a experiência e soubesse aceitar talvez o sorvete de creme, e recusar o suco de pedregulho" (O *Banquete,* págs. 161 e 162).

Evolução aparentemente estranha da personagem: é que Mario teme as concessões que são feitas à juventude e que a juventude faz a si mesma. Há sempre, entretanto, uma esperança de amadurecimento — e mesmo, tais como são, os impulsos, paixões da juventude, agem com seu espírito "frondeur", contestador. Talvez n'O *Banquete* Mario se deixe mais enternecer pelos "vagalumes interiores" da sua juventude que no momento da autocrítica impiedosa do "Movimento Modernista". Mas basta. Não continuemos nesses jogos simbólicos perigosos: como já lembramos, o poema de Machado diz bem — não dissequemos a mosca azul sob pena de perdê-la para sempre.

Porém fica o problema da alegoria. Já evocamos o cansaço de Mário diante das lutas diretas e o repouso que representava o disfarce das várias personagens. Havia também o GELO, digo, o DIP e a censura: as personagens imaginárias são ainda escudos eficazes.

Mas metáforas e símbolos nem sempre têm a mesma intensidade. Por exemplo, os pratos são o momento mais evidente dessas alegorias. Aliás, metáforas gastronômicas não são novidade em sua obra. Assim, ao inverso dessa Salada que se dá desavergonhadamente para trair depois, está a dialética do caju, cuja degustação "é uma verdadeira troca de posses , pessoais",[25] que Mário pensou em 1928. E a Salada, Mário a declara mesmo explicitamente como alegoria. Mas até nesses momentos mais evidentes os símbolos têm vários sentidos. Lembremos sobre a Salada que ela, além de "triunfalista", simbolizando a glória com todos os compromissos que ela comporta, é também americana. E sua traição de salada nos faz pensar na "Nova canção de Dixie", sobre os EUA, contemporânea d' O *Banquete* (25 de fevereiro de 1944) que Telê Porto Ancona Lopez publicou no livro dela:

> "É a terra maravilhosa
> Chamada pelo Amigo Urso
> Lá ninguém não cobra entrada
> Se a pessoa é convidada
> Depois lhe dão um discurso
> Abraço tão apertado
> Que você morre asfixiado,
> Feliz de ser estimado.
>
> No. I´II never never be
> In Colour Line Land".[26]

25. Citado por Telê Porto Ancona Lopez, *Mario de Andrade, ramais e caminho,* São Paulo, Livr. Duas Cidades, 1972, p.53. Texto de 1928.
26. *Op. cit.,* p. 230.

Tais símbolos complexos, além de não unívocos, têm uma força expressiva própria, eles são mais que símbolos.

Mais ou menos ambíguos, ganham no meio mistério em que se encontram, e seria banalização imperdoável (e sempre falsa) estabelecer correspondências do gênero — isto quer dizer aquilo. Por outro lado, soluções evidentes como o nome de Mentira, que se presta a trocadilhos tão felizes, não necessitam explicação.

Enfim, não nos preocupemos em saber se Mario tomou da realidade tal ou qual personagem. Pouco nos importa, por exemplo, a plausível hipótese de que Mario deve ter tido no fundo da lembrança uma grande pianista internacional brasileira (participante aliás dos tumultos iniciais modernistas) ao construir a personagem de Siomara Ponga. As personagens ultrapassam muito o modelo longínquo e se deixam freqüentemente penetrar pelo autor, que evita esquemas simples e prefere no-los oferecer numa complexidade rica.

E que o leitor se regale quanto quiser na segurança que tais riquezas são inesgotáveis.

Jorge Coli e
Luiz Carlos da Silva Dantas

Aix-en-Provence, setembro de 1977

Colhido pela morte que o surpreendeu a 25 de fevereiro de 1945, Mario de Andrade não teve tempo de terminar a redação de O *Banquete,* que vinha publicando parceladamente em seu rodapé semanal do *Mundo Musical.* A série se interrompe com o texto de 22-2-45 e nesse dia o escritor anotava no único diário que não destruiu:

"Saiu meu 1° art. cap. Salada, do Banquete. Insistir? Preferia fazer outra coisa mas não sei o quê. Vou examinar os papéis. Examinei e organizei as partes do cap."

Poucos dias antes — a 18-2-45 — havia registrado no mesmo diário:

"(...) Redisponho assuntos do "Banquete". Passo a manhã toda reestudando com meia angústia as notas e fichas. Com o desenvolvimento, à medida que escrevia os artigos, embora tivesse um sumário geral, tudo ficou caótico e superlotado. Só consegui de mais eficiente esta manhã fixar 5 assuntos gerais, pra 5 capítulos. Sinto que com a ebulição de tanta leitura, podia, neste momento, fixar o sumário do cap. Salada, mas me sinto fatigado. Deixo pra amanhã."

As duas notas testemunham que Mario de Andrade trabalhava, como era seu hábito, servindo-se de fichas e anotações prévias — acumuladas às vezes através dos anos — e de leituras do momento, ditadas pelo desenvolvimento dos assuntos; em segundo lugar, que embora seguisse um plano preestabelecido, ia redigindo os artigos um a um, de acordo com as imposições do rodapé semanal. Junto com os originais encontrou-se uma folha datilografada com correções feitas a mão e data de "São Paulo, fevereiro, 1944", onde o texto é dividido em 10 capítulos e cada capítulo traz a indicação do assunto que nele deveria ser tratado. Encarando essas anotações como a última forma do projeto do escritor, a presente edição adotou o critério de distribuir a matéria dos artigos de acordo com o índice aí proposto, acrescentando no final a indicação dos capítulos programados, que não chegaram sequer a ser esboçados e deveriam arrematar a grande composição.

Vemos pelo diário que, já a meio da tarefa e com uma certa perspectiva do conjunto, Mário de Andrade lamentava, com a sua aguda exigência formal, que o texto não fosse mais enxuto.

O *Banquete,* tal como nos foi legado, não pode se alinhar junto aos livros *feitos* do escritor; mas pela importância e tratamento apaixonado dos seus temas, é, sem dúvida, um dos momentos mais altos da meditação estética no Brasil.

Capítulo I

Abertura

Apresentação dos personagens classe-dominante

Ora se deu que naquela tarde boa de domingo, a milionária Sarah Light oferecia um banquete em seu solar de inverno, que ficava num subúrbio de Mentira, a simpática cidadinha da Alta Paulista. Iam se encontrar à mesa dela o compositor Janjão, a célebre cantora Siomara Ponga e o importante político Felix de Cima, subprefeito de Mentira. Oh meus amigos, si lhes dou este relato fiel de tudo quanto sucedeu e se falou naquela tarde boa, boa e triste, não acreditem não, que qualquer semelhança destes personagens, tão nossos conhecidos, com qualquer pessoa do mundo dos vivos e dos mortos, não seja mais que pura coincidência ocasional. E é também certo, certíssimo, que ao menos desta vez, eu não poderei me responsabilizar pelas idéias expostas aqui. Não me pertencem, embora eu sus-

tente e proclame a responsabilidade dos autores, nesse mundo de ambiciosas reportagens estéticas, vulgarmente chamado Belas Artes.

O fato é que a milionária Sarah Light estava francamente apaixonada pelo compositor Janjão. Este, ao menos por enquanto, se deixava amar sem grandes exigências, embora não lhe fossem indiferentes aquelas carnes abundantes e já um bocado crepusculares de Sarah. Nos seus vinte-e-oito anos de muita e vária experiência, Janjão bem percebia que por detrás dessas cochilhas amansadas, esperava um sol furibundo. Mas por enquanto ele se deixava apenas adorar, na sem-cerimônia insaciável com que a todos os artistas legítimos, amor, glória, adoração, êxtase, aplauso e até dinheiro, é o mínimo ingrato que podem lhes dar os homens desse mundo. Embora não tivesse a menor consciência disso, como todos os artistas legítimos, Janjão era um monstro camuflado em coisa natural. Monstro manso e desgraçado, mas monstro dentro desta nossa vida. E Sarah Light, já erudita por demais em amores, estava descambando para aquela fraqueza dos anos em que a gente se bota amando exotismos, os velhos as meninotas impúberes, e as quarentonas os monstros. Ora Janjão era violentamente exótico, o único homem branco, quero dizer, mestiço de apenas quatrocentos anos, naquele meio prematuro de Mentira em que a própria Sarah Light era uma israelita irredutível, nascida em Nova York, Siomara Ponga vinha de pais espanhóis, e Felix de Cima era de origem italiana e naturalmente fachista. Sarah Light se apaixonou pelo exotismo de Janjão, monstro por ser artista *avis rara* envergonhada de uma pureza racial que só tinha sangue brasílico, negro e lusitano se lastimando por dentro daquele corpo de zebu ossudo, pele morena, cabelo mais liso que o dum gê e linhas duras caindo no chão como a fatalidade.

Parece fácil argumentar que num caso de amor tamanho, o mais instintivo era Sarah Light mesma proteger o artista, lhe fornecendo sem demora algumas migalhas dos seus cinco contos diários de renda, e lhe comprar o amor na batata. Tanto mais que embora vivendo com o marido muito às boas, por causa da dispersão das rendas que um divórcio qualquer traria, Sarah Light conquistara a sua liberdade poucos meses depois de casada, a primeira vez num pileque. Mas a israelita tinha o senso da realidade, e fugira sempre de complicações com os artistas, porque estes são os melhores técnicos da chantagem. Não que eles preparem escândalos, exijam dinheiro, roubem cartas, contem, ameacem, nada disso que se encontra com banalidade nos romances e na vida. Mas Sarah Light era bastante esperta pra perceber que os artistas são chantagistas por natureza e condição. Não pedem nada, mas a só presença deles é já uma chantagem no amor ricaço. Ressumam pobreza, miséria mesmo; ressumam exigências inesgotáveis de adoração, glória e posições de mando. E tais presenças Sarah Light não conseguia agüentar , era chato. De formas que tratava com alguma distância a Janjão. E quando os empurrões do desejo eram demais, ela oferecia uma farrinha a dois com tão preciosos vinhos, que Janjão se embriagava e ela podia lhe alisar os cabelos com melancolia.

Mas tinha ainda uma outra razão que proibia socialmente Sarah Light de proteger o compositor e as artes, como de raro em raro lhe vinha na idéia. Era o ambiente em que ela vivia, o meio dos milionários de Mentira. Meio infecto de estúpidos, de granfinos, de indiferentes às artes; meio que apenas principiava reconhecendo que era uma boa aplicação de dinheiro comprar livros antigos, gravuras antigas aquareladas com sabença pelos boticários de "antiguidades" e algum Guido Reni falso. Si a milionária fornecesse dinheiro a ninguém, que não fosse na obediência à tradição portuga de acalmar o céu, protegendo santas-casas, mendigos ou ainda alguma bem rara creche inventada pelos jornalistas, si em vez protegesse as artes, ela sabia muito bem que se tornava logo um motivo de riso. O meio era suficientemente *snob* pra gostar de um fácil Anatole France e demais romancistas franceses que chegassem até isso, e também algum Huxley banal de paradoxos novinhos, que wildianamente dourasse a francesia. Mas o esnobismo de Mentira jamais não chegara à conseqüência da sua utilidade. Si Sarah Light protegesse as artes, ou apenas Janjão, não é que a inculcassem de podre, com isto ela não se importava e até lhe daria um lustre particular, mas se tornava ridícula. E Sarah Light era suficientemente delicada em seu refinamento educadíssimo, pra não ter o menor gosto do ridículo.

Por causa destas complicações que lhe tomavam horas de pensamento grave, a milionária tivera uma desinência feliz. É que a sua ansiedade de salvar Janjão, dera pra comprar discos. Sarah Light jamais se preocupara de música, mas desde o dia em que lhe apresentaram Janjão participante duma festa de caridade, se apaixonara pela música. Comprou logo uma vitrola que era a melhor do mundo, se informou com o compositor , pediu conselhos e arrebanhou tudo o que havia de bom em discos da música do presente e do passado, ôh Bach! "Oh Bach!" ela é que exclamava, porque logo a milionária se fixou no grande João Sebastião. Possuía dezenas de sinfonias de Mozart, de Haydn, todas as de Beethoven em várias versões, sonatas e quartetos, tudo o que havia dos italianos instrumentais, mas Bach era de muito o preferido. Haydn, Mozart, com o desenvolvimento da liberdade melódica e a valorização expressiva dos acordes, posta em relevo pela conceituação definitiva da harmonia, eram já uma música por demais parlante e não apenas inconscientemente agente como a polifonia de Bach. Só Bach, dentre os clássicos, punha Sarah Light de acordo consigo mesma, e ela possuía todos os discos de Bach. Era uma discoteca colossal. E com isso os remorsos e os desejos sossegaram.

Não de todo porém, e enfim as ansiedades explodiram naquela idéia luminosa: o Governo e os virtuoses é que deviam proteger Janjão, coitado. E como estas coisas importantes só se resolvem a golpes de banquetes, Sarah Light oferecia aquele almoço ajantarado de domingo ao importante político

Felix de Cima e à cantora famosa Siomara Ponga. Janjão também devia comparecer, porque nada convence mais do que a presença encardida. Por onde se vê que Sarah Light também sabia ser chantagista.

Felix de Cima além de muito burro, era totalmente ignorante. A circunstância nada ocasional que o guindara à alta posição política que usufruía em Mentira, era... por isso mesmo. Tinha qualidades isso tinha, como por exemplo gostar de comer e conhecer até com sutileza a data dum vinho rubro e a gota de leite escorregada a mais num cozimento de perdiz. Era um prodígio de simpatia, de tal maneira que ficava impossível a gente não acabar gostando dele. Tinha um jeito tão natural, tão espontâneo e esquecido de ignorar a sua posição alta, dava a mão a um pedreiro com gentileza tamanha que parecia um líder operário, ia-se ver... Ainda tinha outra qualidade mui simpática em Mentira que era gostar das mulheres. Diziam mesmo (sem prova) que ele tinha certas preferências cromáticas bem mais cordatas e fáceis na terra que as dificuldades virtuosísticas da enharmonia vocal dos helenos. Mas não devemos nos perder no labirinto musical da Hélade clássica: Felix de Cima gostava muito das mulheres, e isso basta.

Mas talvez tenha algum interesse contar porque o ilustre político fora escolhido por Sarah Light, de preferência aos outros muitos que proliferavam na bonita Mentira. É que Felix de Cima era o protetor indisputado das artes na cidade. Isso não se pode contestar. Todos os artistas recorriam a ele e jamais um só não saíra do escritório do político sem um aperto de mão gordo, uma risada aberta e tilintando nas oiças o si bemol dum "talvez", dum "vamos ver" ou dum "provavelmente". E é certo que as mais das vezes, as "Despesas Várias" dos orçamentos pagavam as cem poltronas, o quadro de paisagem ou a "Banhista" ainda em gesso econômico. E d'aí veio a noção de que Felix de Cima gostava das artes.

Isso porém era uma falsidade. Felix de Cima gostava das artes não; as protegia, isso sim. No fundo ele estava convencido que os artistas eram uns frouxos loquazes e nem tivera inicialmente a imaginação de proteger coisíssima nenhuma. Mas quem primeiro se socorreu dele, foi um maestro estrangeiro de passagem, que logo lhe propôs uma temporada de doze concertos a cinqüenta contos cada. Foi o dia mais sublime da carreira política de Felix de Cima. Sentir aquele maestro europeu, tão célebre e possivelmente glorioso, a seus pés pedindo uma coisa tão fácil para o Governo que, sabia onde estava o dinheiro. Felix de Cima ficou... ficou tomado de vergonha. Era impossível que um maestro estrangeiro se humilhasse desse modo, tendo tantos empresários que o disputavam e tantas riquezas de concertos já contratados na América do Norte, em Nova York, na Ásia, na Europa, na África, na Oceânia, em Tokio. Isso não! Felix de Cima gritou dentro consigo, isso não! Precisamos proteger os maestros europeus de passagem, pra mostrar que somos muito hospitaleiros, e depois não irem falar mal da nossa terra! Pois não! seu Grigorievitchika Steinman, tudo quanto Vossa Excelentíssima quiser! Porque o senhor não pede logo cinqüenta contos a trinta concertos cada? Percebeu que tinha se enganado e já estava consertando a promessa, mas o maestro estrangeiro era modesto e garantiu que depois precisava ir pra Argentina. Felix de Cima então prometeu tudo, com um pavor infeliz de não fazer má figura diante do maestro estrangeiro. Virou, mexeu, mas topara com a muralha chinesa dos outros políticos. Não havia como incluir seiscentos contos, assim sem mais nem menos, nas "Despesas Várias". Afinal o maestro estrangeiro reduziu tudo pela metade, e falou pouco mal de Mentira lá fora, los macaquitos. Pois sucedeu que pouco depois veio uma diseuse da Virgínia, com lábios tão esclarecedores, que isso Felix de Cima ficou maluco. A diseuse coube melhor dentro das "Despesas Várias", e até levou o duplo do que pedira. E desde esta contraprova, ficou sabido e proclamado que Felix de Cima gostava das artes plásticas.

Mas gostava uma ova. Não queria saber de quadros nem de estátuas no apartamento, só gravuras pornográficas; e como os artistas, depois de comprado o quadro do Governo, presenteavam com uma tela bem grátis o protetor das artes, Felix de Cima, descobriu a generosidade. Mandava tudo pra Pinacoteca de Mentira. Só guardou um quadrinho, porque esse era muito precioso, diziam, uma Vênus argelina, em estilo persa vinda dum salon de Paris e que era atribuída a Raffaello Sanzio. Aliás, foi assim que ele descobriu, por ciência infusa, os termos técnicos da pintura. Toda manhã, contemplando aquele nu mourisco que ele colocara em frente da sua cama de dormir , Felix de Cima murmurava umidamente: que cor, que tons, que volumes, quanto valor — sem que, no entanto, lhe possamos atribuir a firmeza conceitual dum Luís Martins ou dum Sérgio Milliet.

Ainda fica por esclarecer como era a proteção das artes pelo Governo de Mentira, orientado por Felix de Cima. O político não gostava nada de arte, nada compreendia, e até ficava horrorizado diante de qualquer manifestação um pouco mais moderna. Si já não sabia dizer um isto diante de qualquer Rodolfo Amoedo, imaginem como ficava diante dum Lasar Segall, era uma agonia!... Até uma feita, obrigado a falar alguma coisa diante dum Pablo Picasso de que lhe pediam a opinião, a tal de *noblesse oblige* o salvou, lhe assoprando três palavras geniais. O político agoniado sussurrou: "Como é espanhol:". E os repórteres, que em Mentira eram todos educados pelo GELO (Grupo Escolar da Liberdade de Opinião), caíram pra trás, estupidificados com a fineza da crítica. Mas "comigo não, violão!", era de fato o que Felix de Cima estava imaginando. Para o ilustre democrata fachista aquilo e toda a arte moderna era comunismo. Na batata.

De maneira que dois ficaram sendo os princípios educativos que Felix de Cima imprimiu à proteção oficial das artes, em Mentira. 1º: proteger tudo quanto é artista estrangeiro que pedir água, pra não irem lá fora falar mal do país e pra mostrar que somos muito hospitaleiros, como dizia Saint-Hilaire; 2º: não proteger as artes modernas porque não se entende mas é comunismo. Quanto aos artistas nacionais, a terra é farta e boa, que morram de fome.

A famosa cantora Siomara Ponga era famosa com justiça e era o protótipo do virtuose. E era também o xodó de Mentira. Da mesma forma como no Brasil havia gente que considerava a protofonia do "Guarani" a música maior do mundo, havia em Mentira gente encanecida que mesmo com gripe pneumônica não perdia um só recital de Siomara Ponga, porque, meu Deus! tinham visto ela de pequena brincando na rua, tão engraçadinha!

Porém Siomara Ponga merecia a fama internacional que tinha. Estudara muito, trabalhara e trabalhava cotidianamente a voz. Poderíamos sem favor reconhecer que alcançara uma cultura legítima. Não só a vontade de vencer a levara a estudos gerais que a exceptuavam no poleiro dos artistas, como realmente ela sabia música, coisa ainda mais rara entre os intérpretes da música. Mas apesar disso, ela não passava duma virtuose da mesma qualidade péssima dos virtuoses internacionais. A isto a reduziu a sua inconcebível vaidade, e os interesses comerciais que a escravizavam ao seu público.

Não se pode falar que a vaidade de Siomara Ponga era exclusivamente dela; todos os artistas são monstros também pela vaidade. Mas a de Siomara era "inconcebível", justamente porque a cultura que alcançara a deveria levar a esse processo de superação da vaidade, de dignificação da vaidade, que a fecunda, e a transforma num orgulho mais útil. Como o dos virtuoses que se dedicam sistematicamente à educação do seu público, ou dos que travam batalha pela música do seu tempo, que em todos os tempos foi chamada de "modernista", "ars nova", "música do futuro" ou "futurismo" justo por ser a do presente. Mas Siomara Ponga se entregara por completo ao "academismo" da virtuosidade.

Ela conhecia muito suficientemente a história e o mundo das artes, pra reconhecer como era baixo e indecente o "academismo" de todas elas. Baixo por fazer da arte uma indústria reles. Esses artistas acadêmicos na verdade não passavam duns cavalheiros de indústria, e assim se deviam chamar, porque viviam da exclusividade do dinheiro, dessa paga curta ou gorda (conforme a "celebridade" de cada um) que a ignorância preguiçosa dos semicultos podia lhes ceder. E só disso. Nem com a glória, com a valorização pessoal, eles se incomodavam mais, achapados na exclusiva fome do seu dinheirinho. O academismo não era neles, nem nunca jamais foi, uma convicção, uma fé. A prova mais cruel disso é a veemência ridícula com que os acadêmicos mais espertalhões blasonam de compreensivos, assim com um ar de superioridade bem pensante aceitando os modernos do tempo. E também alimentam, idiotizados pela vaidade, a ânsia tonta de serem considerados pelos modernistas, modernos também. Ao passo que bastaria denunciar um qualquer academismo diminuto num moderno verdadeiro pra este receber a ressalva na cara, como um bofetão.

Siomara Ponga lia muito as revistas de arte pra não se inteirar dessa dignidade da arte. As revistas todas, de todo o mundo, com raríssimas e financistas exceções, só tratavam da arte histórica do passado, fenômeno impositivo de cultura ou das manifestações modernistas, fenômeno impositivo de cultura também. Siomara percebia que essas eram as únicas revistas vivas; ao passo que uma "Illustration", um "Studio" mesmo, eram revistas mortas, a subserviência escandalosa aos instintos baixos da semicultura burguesa e do academismo. E eram tão poucas! ao passo que as revistas vivas abundavam...

Tudo isso no íntimo Siomara chegava a reconhecer. Às vezes lhe vinham aspirações melancólicas de... viver! Que bobagem, pois ela não vivia! Não vivia. E si eu desse ao menos um recital das primeiras cantatas italianas, das primeiras pastorais?... Si eu desse em Mentira, afinal pátria dele, ao menos uma parte de recital dedicada às canções de Janjão? A cantora sentia o valor de Janjão, a força criadora dele, a contribuição historicamente importantíssima que ele trazia para a música de Mentira, mas. E então ela se apegava a uma realidade técnica, no fundo tão falsa como as outras: As canções de

Janjão podiam ser lindas, mas vocalmente não "rendiam", não ficavam bem prá voz. Podiam estragar a voz dela, como já se falou de Wagner.

Falsificação pura, porque assim que os cantores "souberam" cantar Wagner, ele não estragou a voz de ninguém mais. O mesmo se dava com as canções de Janjão. Escritas em língua nacional, elas exigiam toda uma emissão nova, todo um trabalho de linguagem e de impostação, todo enfim um "belcanto" novo e nacional, que valorizasse essa fonética ignorada dos belcantos europeus. E, conseqüentemente, valorizasse também essas linhas melódicas emitidas vocalmente, e que necessariamente derivavam dessa fonética, da mesma forma que a melodia italiana não poderia ter jamais nascido da fonética francesa, nem a alemã da espanhola. Uns tempos ainda Siomara Ponga tentou. Porém as fonéticas artificiais e as impostações do canto de apito germânico, as nasalações francesas, os grupos consonantais italianos, tudo isso ela aprendera muito bem, mas com professores alemães, franceses, italianos. Ela pegou nas regras de pronúncia cantada propostas pelo Departamento de Cultura de São Paulo, e que, com poucas modificações indicadas por maior experimentação e cultivo, forneceriam um belcanto em língua nacional, tão, digamos, tão antropogeográfico como os europeus. Mas tudo isso exigia tanto trabalho novo, tantas experiências, adquirir técnicas novas... E demais a mais ela cantava tão pouco em língua nacional, só uma pecinha em cada concerto, e só mesmo porque o governo obrigava a isso por lei...Preferiu cantar essas pecinhas de qualquer jeito, em geral com o texto escondido na palma da mão, pra não se dar ao trabalho nem de decorar duas quadras, ela que sabia todos os textos de Schumann, de Schubert, de Wolf, de Brahms, de Fauré, de Chausson, de Duparc decor! Era uma virtuose, no mais degradante sentido da palavra. Uma escrava desse público banal de recitais caros, que tanto aplaude um Brailovsqui como um cavalo de corrida. Siomara Ponga era um cavalo de corrida, finíssimo olé!, escrava desse público detrital que bóia no enxurro das semiculturas. Público que si lhe proporcionava momentos de ilusão de glória nas ovações, ela não podia pensar sequer um minuto mais pensado nele que não lhe desse repugnância.

Mas continuava. A única honestidade em que ela se detivera, consistia em exigir de si mesma, fazer bem feito o que ela sempre fizera... bem feito. Porque, como com todos os virtuoses internacionais, as maravilhosas qualidades de Siomara Ponga eram inatas. Linda, elegante, expressiva, que linda voz, meu Deus! que voz linda! que afinação perfeita! que vocalizações irrepreensíveis! Mas tudo isso lhe vinha do berço já. E o trabalho dela, trabalho severo, fatigante e cotidiano, fora apenas se escravizar a isso tudo. Ela apenas, como a maioria infinita dos virtuoses internacionais, não fizera mais que desvirtuar a sua sublime predestinação.

E deste desvirtuamento se podia deduzir, mesmo não a conhecendo nem lhe conhecendo a carreira, toda a vida de artista de Siomara Ponga. Os seus recitais eram aquela pachochada fixa: uma primeira parte com alguns classiquinhos pra bancar cultura; uma segunda parte dedicada ao lied romântico ou feita de franceses; e uma terceira parte de variedades, em que ela glissava pra chamuscar patriotismos, uma peçazinha ou duas de compositor da terra em que estava e pra chamuscar sensualidade, no final, uma peça malabarística, indecente como valor artístico, mas que fazia a casa vir abaixo. Tinham sido sempre assim os já oitocentos e sessenta e quatro recitais que esperdiçara por esse mundo fora. E com isso se vangloriava de já ter cantado em vinte e seis línguas. Mas na verdade ela conhecia apenas cinco, o italiano, o francês, o alemão, sabidos de verdade, um espanhol de oitiva e um inglês de argentino. A língua nacional não se pode dizer que ela sabia não. Mas cantara até em japonês, ídiche e árabe. O processo é conhecido. Chegando no Japão, como comovia os ouvintes ela cantar em fachismo, Siomara Ponga se aconselhava sobre os compositores da terra, escolhia uma coisinha bem fácil do autor preferido do público, e tomava um professor que lhe ensinasse a pronúncia das palavras e o que significavam. O resultado era a bobagem mais larvar que já se viu em música de canto. Pronúncia perfeita, compreensão psicológica geral da tristeza ou da alegria do texto, mas acentuações psicológicas todas erradas, valorização tonta de palavras, pontuações todas falsas, o escancaramento sumário do cabotinismo. Porém, meu Deus! como ela trabalhara honestamente essa desonestidade! E Siomara Ponga dormia sem remorsos. Não tinha a menor inquietação. Jamais se propusera com lealdade que arte não quer dizer fazer bem feito, mas fazer melhor. O fazer bem e certinho lhe sossegava uma consciência fácil, o conformismo domesticado, a subserviência às classes dominantes. Era adorada dos políticos e dos milionários, a quem não causava o menor incômodo, rica. Era adorada das mocinhas que estudavam canto, que se projetavam nela, e pelas velhices que a tinham visto brincar de esconde-esconde em pequena. Praquê mais? Virtuoses assim não exigem mais.

Capítulo II
Encontro no Parque

Apresentação dos dois personagens não conformistas. *Ser artista* na responsabilidade atual. Técnica e artesanato. Cepticismo de Janjão atacado por Pastor Fido.

O compositor Janjão se dirigia para o solar de inverno da milionária Sarah Light. Ia calçântibus, passo irregular e apressado. Estava nervoso. Mais que nervoso: a perspectiva daquele banquete em que ia se encontrar com o ilustre político Felix de Cima e a grande cantora Siomara Ponga, lhe dava um sentimento contraditório de solidão. Jamais o compositor não se sentira tão sozinho como naquele domingo em que vários personagens das classes dominantes o acolhiam para protegê-lo. Ele constatava muito bem que protegiam as artes por causa da miséria dele, e não ele por causa das artes, como deve ser. A sensação da esmola batia na cara dele, e amargava.

Janjão atravessava o parque. Não havia ninguém nos jardins, nem operários nem crianças recebendo vida do ar porque conforme os costumes da terra, toda a gente se conservava fechado em casa aos domingos, pra evitar resfriados. O parque estava deserto na sua compostura alinhada, sem árvores, sem sombras, com seus gramados insípidos e a disciplina das arvoretas tosadas.

De repente Janjão escutou um suspiro e em seguida a flor feliz dum palavrão, parou. Algumas hastes da moita ainda mexeram um bocado no ar sem vento, depois tudo caiu na imobilidade outra vez. Janjão se aproximou, e com os braços compridos apartou a moita pelo meio.

— O que você está fazendo aí!

— Você está vendo.

No chão da moita vicejava um rapaz de seus vinte anos, rindo para ele.

— Você não tem onde dormir, rapaz! Ou isso é farra?...

— É tudo junto.

— Quem é você?

— Eu?... (O moço espreguiçou, sempre sorrindo). Eu sou a mocidade, eu sou o amor... Eu sou a Mosca Azul, de Machado de Assis, você já conhece... Pra todos os efeitos públicos e jurídicos, sou brasileiro, maior, quintanista de Direito, vendedor de apólices da Companhia de Seguros A Infelicidade, e me chamo Pastor Fido.

— Estudante e vendedor de apólices...

— Pois é, senhores jurados: o réu precisava viver.

— Mas porque você não escolheu uma profissão mais afim com os seus estudos!

— O meu destino era a imprensa, eu sinto! Dizer a verdade verdadeira ao povo, depois que o teatro deixou de ensinar e o cinema faz questão de não ensinar. O meu destino é a imprensa, mas nem a imprensa diz a verdade mais, depois que entrou para o GELO! Qual amigo!... A mocidade de hoje está condenada. Ou apóia os donos da vida ou vira aquilo que você sabe.

— E você, o que preferiu?

— Virei aquilo (Muito baixinho, já não rindo). Eu sou a mocidade, sou o amor... Vendo apólices da Companhia de Seguros A Infelicidade. Mas, e você, amigo? Você quem é?

— Eu sou compositor.

O moço caiu na risada.

— Puxa! compositor com um corpo desses!

— Que tem o meu corpo com a minha música?

— De fato não teria nada e até com esse corpo a gente pode ser músico bom, mas duvido. Você, pra músico, é antipático à primeira vista, como é que vai *reussir?* Você não tem o "physique du role", amigo. Com esse corpão esquipático, feito aos pedaços, dos quais nenhum pertence a um músico seu fado é feito o meu, desgraça. Olhe: eu já tenho uma experiência enorme da vida, me sinto octogenário... Afinal das contas não sou feio, você está vendo, e tenho a mocidade a meu favor. Mas lhe juro que já estava num emprego bem melhor, si não tivesse esta verruguinha no nariz, como Ronald de Carvalho. Eu ainda hei-de fazer um ensaio sobre a predestinação fisiológica dos infelizes. Já arranjaram isso pro criminoso nato, mas Lombroso é uma besta. Existe uma infelicidade motora. A infelicidade motora está nas verrugas, dou minha palavra de honra. Você é feio, seu músico.

— Vamos andando...

O compositor estava meio desapontado. Principiou ajuntando as coisas do Pastor Fido, esparsas, uma pastazinha de couro de que escapavam apólices, uma escova de dentes, um pentinho, e um livro que eram as "Reflexões sobre a Vaidade". Foram andando. Pra disfarçar, Janjão perguntou:

— Você ainda lê Matias Aires?

— Não sei... Matias Aires é camarada. Ele causa um mal estar gostoso dentro da literatura portuguesa. Matias Aires introduz a inteligência em Portugal... Não! não quero dizer que os clássicos portugueses não possuam muitas qualidades de entendimento, mas a inteligência não é apenas isso. Principalmente a inteligência artística, que há-de sempre funcionar impulsionada por um grande amor.

Os clássicos portugueses são bem monótonos... Às vezes duma suavidade estilística maravilhosa como Frei Luís de Sousa, às vezes duma vivacidade adunca que nem Vieira, duma certeza de expressão solar que nem João de Barros, mas, com a exceção miraculosa de Camões, não são indivíduos amorosos, não são sensuais. A falta de amabilidade diante da vida é uma característica do clássico lusitano, em contraste com a inteligência portuguesa no geral, que é tão sensível. Gosto de português. Já nem falo dum Castilho, dum Herculano ficcionista, dum Felinto, que são burríssimos, mas que diabo! esses clássicos portugueses não compreendem! Não lhes falta sexualidade intelectual, mas sensualidade, gozo, amor, amor da vida, e desse amor se morre. Si Gonzaga nasceu em Portugal e Gonçalves Dias no Brasil: este é bem mais portuga como inteligência que o primeiro. Gonzaga, apesar da distância da expressão linguística que nos separa dele, a gente percebe que ele ama a infelicidade que sofre, da mesma forma que Álvares de Azevedo ama a infelicidade que imagina. O amor é uma faculdade principalíssima da inteligência seu Janjão.

— Eu sei...

— Veja bem que não falo o sexo, mas o Amor! Ele é que forma a inteligência completada, o equilíbrio violento de todas as faculdades e destrói no indivíduo, que é por natureza um "conservador", esse princípio repugnante de jogar no certo, o academismo. Matias Aires levou pro classicismo português a sensualidade, a sensibilidade intelectual. E disso provém a qualidade curiosa dele, que é ter sido um moralista amoral. Não foi de fato um moralista, e sim um observador apaixonado dos sentimentos humanos. Não tem nada dessa contemplação individualista que faz certos espíritos desamorosos, e por isto inseguros de si, reagirem contra tudo e contra si mesmos, pelo *humour,* pela dúvida, pela indiferença falsa. Matias Aires não tinha nada disso, mas também não tinha nada dessa falsa vontade apostólica, simplesmente crédula, simplesmente supersticiosa, que faz os moralistas apontarem os males sociais ou individuais na intenção de consertar alguma coisa. Mesmo dentro da "Arte de Furtar" a gente percebe o indivíduo importantão, que pretende exercer na terra a tirania divina duma Verdade inamovível. Não convida à correção: castiga. Não propõe uma superação: denuncia. Não está do lado da Caridade, está do lado da Esperança, que é uma virtude esverdinhada e conformista. Eu creio até que a Esperança foi enxertada entre as virtudes apenas pra completar essa obsessão humana do número três. Só existe uma virtude, com que a Fé se confunde, é Charitas, vermelha, incendiada de amor! Vieira conclui em favor duma crença, conclui pelo Bem, é conclusivo. Mas Matias Aires é apriorístico, como as verrugas. Ele ama e se projeta. Ele não ataca, nem por assim dizer denuncia a vaidade, porque se compraz sutilmente em observá-la. As "Reflexões" são um livro de introspecção que se humaniza. Fez arte verdadeira — que é o amor da vida, segundo Tilgher...

— Você é bem leviano...

— Sou leve. Eu sou a mocidade, eu sou o amor... Mas, papagaio! você não chama Janjão!

— Chamo.

— Então você é o grande compositor Janjão, nem tinha ligado. Também só de raro em raro se escuta uma obra de você. A última vez foi aquele impagável "Esquerzo Antifachista", não foi? Porque não executaram mais o esquerzo?

— Porque como ele não emprega as cordas, os primeiros violinos da orquestra protestaram por não aparecer.

— Janjão, o nosso grande compositor nacionalista!

— Não sou nacionalista, Pastor Fido, sou simplesmente nacional. Nacionalismo é uma teoria política, mesmo em arte. Perigosa para a sociedade, precária como inteligência.

— Você conhece aquela frase de Vlaminck? "Em arte, as teorias tem a mesma utilidade que as receitas dos médicos: pra acreditar nelas é preciso estar doente"...

— Não é bem isso. Ou por outra, a arte está sempre doente. Pois da mesma forma que a doença é uma falta de integridade física: é uma das faltas de perfeição da vida humana que nós buscamos remediar por meio da arte.

Mas não existe um só artista genial que não tenha uma teoria de arte, que podemos deduzir através das obras e dos atos dele. O artista não precisa nem deve ter uma "estética", enquanto esta palavra implica uma filosofia do Belo inteirinha, uma organização metódica e completa. Mas si não deve ter uma estética, o artista deve sempre ter uma estesia. Uma estética delimita e atrofia, uma estesia orienta, define e combate. A arte é uma doença, é uma insatisfação humana: e o artista combate a doença fazendo mais arte, outra arte.

"Fazer outra arte" é a única receita para a doença estética da imperfeição. O artista que não se preocupa de fazer arte nova é um conformista, tende a se academizar. O importante, numa teoria de arte, é saber ultrapassá-la. Repare: Machado de Assis nunca foi um machadiano; mas Wagner sossobra quase sempre, quando se torna estritamente wagneriano. O artista não deve se propor o problema de fazer "diferente" eu sei, mas não existe uma só obra-de-arte genial que não seja diferente. O problema não é fazer diferente, mas fazer melhor, que é o que provoca a diferença das obras. O artista que não se coloca o problema do fazer melhor como base da criação, é um conformista. Pior! é um folclórico, como qualquer homem do povo. — Bolas! você despreza assim o povo.

— Não.

— Mas despreza o folclore?

— Não.

— Mas, contrapontando aquela moda de viola com o "Giovinezza" no "Esquerzo Antifachista", você não fez arte pro povo!

— Não. Infelizmente não. Pelo menos enquanto o povo for folclórico por definição, isto é: analfabeto e conservador , só existirá uma arte para o povo, a do folclore. E os artistas, os escritores principalmente, que imaginam estar fazendo arte pro povo, não passam duns teóricos curtos, incapazes de ultrapassar a própria teoria. O destino do artista erudito não é fazer arte pro povo, mas pra melhorar a vida. A arte, mesmo a arte mais pessimista, por isso mesmo que não se conforma, é sempre uma proposição de felicidade. E a felicidade não pertence a ninguém não, a nenhuma classe, é de todos. A arte pro povo, pelo menos enquanto o povo for folclórico, há-de ser a que está no folclore.

— Mas você emprega elementos folclóricos nas suas músicas.

— Está claro! Emprego às vezes, embora nem sempre. Mas sempre faço música à feição das tendências musicais do meu povo, veja bem. O povo é a fonte, enquanto for folclórico... As águas da fonte são sempre as mesmas, porém os rios correm diferentemente. E eu sou o rio. Eu nunca me meterei fazendo isso que chamam por aí de "arte proletária", ou "de tendência social". Isso é confusionismo. Toda arte é social porque toda obra-de-arte é um fenômeno de relação entre seres humanos. Um minueto de salão, um soneto sobre a amada, uma natureza-morta, tudo é social. Você falou no meu "Esquerzo Antifachista", e só vendo os elogios e os ataques que recebi porque estava fazendo "música social", besteira! O que eu fiz, conscientemente fiz, foi arte de combate isso sim, arte de combate político. "Social" não tem dúvida, mas tão social como qualquer outra. Disto é que os artistas precisavam ficar bem conscientes, nem tanto pra evitar esse confusionismo da palavra "social" qualificando certas maneiras de arte, e a arte de combate, como porque isso lhes definiria a concepção do assunto, e a própria técnica.

— A própria técnica!

— A própria técnica. Você se esquece, por exemplo, do valor dinâmico do inacabado? Existem técnicas do acabado, como existem técnicas do inacabado. As técnicas do acabado são eminentemente dogmáticas, afirmativas sem discussão, *credo quia absurdum,* e é por isto que a escultura, que é por psicologia do material a mais acabada de todas as artes, foi a mais ensinadora das artes ditatoriais e religiosas de antes da Idade Moderna. Bíblias de pedra... Pelo contrário: o desenho, o teatro, que são as artes mais inacabadas por natureza as mais abertas e permitem a mancha, o esboço, a alusão, a discussão, o conselho, o convite, e o teatro ainda essa curiosa vitória final das coisas humanas e transitórias com o "último ato" são artes do inacabado, mais próprias para o intencionismo do combate. E assim como existem artes mais propícias para o combate, há técnicas que pela própria insatisfação do inacabado, maltratam, excitam o espectador e o põem de pé. Como em certos quadros do pintor paulista Alfredo Volpi, você já viu? As técnicas do inacabado são as mais próprias do combate. Você repare a evolução da dissonância e da escala dissonante por excelência que é a escala cromática. O cromatismo na Grécia era só permitido aos granfinos da virtuosidade, inculcado de sensual e dissolvente, proibido aos moços, aos soldados, aos fortes; e Pitágoras já descobrira a sensação da dissonância, a "diafonia" como ele falou no grego dele. Mas a repudiou. E de fato o ditatorialismo, o dogmatismo grego não quis saber das dissonâncias. Nem o Cristianismo primitivo, criador do dogmatismo em uníssono ao cantochão. Porquê? Porque a dissonância era eminentemente revolucionária, era, por assim dizer, uma consonância inacabada, botava a gente numa "arsis" psicológica, botava a gente de pé. E de fato, a técnica que iria se fixar no ataque da dissonância exigiu preliminarmente o movimento obrigado de três acordes, preparação da dissonância, ataque dela, e resolução numa consonância final e afirmativa. E agora repare historicamente: Quando que a dissonância se sistematiza na música católica? Quando que o som cromático, que deixa inacabado o diatonismo ditatorial, principia se normalizando, usado para melhor movimento das partes? Pois é justo na aurora do Renascimento, nos séculos XIII e XIV, com a Escola de Paris, com a Ars Nova, com a "música ficta" de Felipe de

Vitry. É a música que faziam os padres da universidade de Paris, que abre as portas a toda essa técnica revolucionária do inacabado, porque naquele tempo e em quase todos os tempos, as universidades, sempre foram fontes de revolucionar idade do espírito. Só agora é que ter espírito universitário significa ser bem-pensante e conformista. É a revolução do pensamento livre do Renascimento que empregou na música as técnicas do inacabado das dissonâncias e do cromatismo. Toda obra de circunstância, principalmente a de combate, não só permite mas exige as técnicas mais violentas e dinâmicas do inacabado. O acabado é dogmático e impositivo. O inacabado é convidativo e insinuante. É dinâmico, enfim. Arma o nosso braço.

— Mas você pode fazer uma arte de combate que alcance o povo...

— Não creio, infelizmente, que seja esse o meu papel de artista erudito. Pelo menos enquanto o povo for folclórico. como falei. Seria me adaptar falsamente a sentimentos e tendências que não poderão nunca ser os meus. Eu sou de formação burguesa cem por cento, você esquece? E pela arte, pelo cultivo do espírito e refinamento gradativo, eu me aristocratizei cem por cento. Moral, intelectualmente, é incontestável que eu sou um aristocrata, mesmo no sentido religioso desta palavra. Quero dizer: o homem que faz a "sua" moral, só aceita a "sua" verdade, numa libertação indiferente a quaisquer... "representações coletivas". O que, tudo, não impede, está claro, a existência dum elevado senso moral, duma moral elevadíssima em mim, e uma verdade coletiva. Como em Epicuro... Como em Rikiú... Simplesmente porque, por isso mesmo que só respeito a "minha" liberdade e não posso me livrar dela sucede que em sua altivez ela dita pra mim uma verdade e uma moral que coincidem necessariamente em muitas partes, com o Bem e a Verdade. Essa coincidência não pode siquer me despeitar, siquer me irritar, pois o que importa é exclusivamente a consciência, o sentimento, ou melhor: a evidência da minha liberdade. Enfim: sou mesmo um individualista, na maior desgraça e grandeza do termo, naquilo que posso, que devo chamar, sem modéstia falsa: minha sabedoria...

— Mas então porque você escreveu o "Esquerzo Antifachista" ou aquela "Sinfonia do Trabalho" tão popular como concepção do assunto, exaltando as formas proletárias da vida!

— Meu Deus! Meu Deus! que atitude tomar diante das formas novas, coletivas e socialistas da vida que encerram pra mim quase todas as vozes verdadeiras do tempo e do futuro?... Mas vozes "coletivas" que não interessam ao meu individualismo nem podem me fazer feliz nem desinfeliz?... Mas de que tenho de participar, porque a isso me obriga a minha própria satisfação moral de indivíduo?... É a superação do boneco. Pastor Fido, é a superação do boneco! Me fiz boneco, entregue às mãos das formas novas e futuras da vida, formas de que tenho a certeza, sem ter a convicção. Tudo está em ser boneco consciente da sua bonequice, o que também é uma paixão, é amor e desse amor se morre... É a *"servitude e grandeur militaires"* do artista que só pode estar satisfeito da sua liberdade e da sua indiferença ao Bem e ao Mal, nessa contradição trágica de cumprir o seu dever. Você falou no amor, faz pouco. Pois não se esqueça que o Amor participa das manifestações da própria inteligência. Quando você falou nisso, eu senti como que uma iluminação em mim. Eu não amo o povo, enquanto este é uma pessoa mais uma pessoa, mais uma pessoa. Estas pessoas só podem desagradar ao meu refinamento pessoal, ao meu aristocracismo espiritual. Nem quero ter comiseração delas, porque isto seria me aniquilar na balofa caridade esmoler dos cristãos, que substituíram interessadamente Charitas pela esmola. Eu apenas exijo uma Justiça mais superior, que não consegue negar a fatalidade das classes enquanto classificação da validade individual dos homens em grupos coletivos — coisa que quase pertence à História Natural — mas justiça a que repugna e suja a predeterminação classista, mantida pelas classes dominantes. Porque isso não está de acordo, não poderia nunca estar de acordo com a "minha" verdade. Nem é questão de justiça! A justiça, essa justiça dos homens, tão bem desenhada na alegoria da mulher com vendas nos olhos, me repugna. Porque como artista, como intelectual eu sou um fora-da-lei, tão fatalizadamente inconformado como você com a verruga do seu nariz. Talvez seja horrível dizer: mas eu amo o povo porque ele é uma projeção de mim, amo ele enquanto ele faz parte apenas dessa humanidade que eu não sou, mas que exijo, porque só existo porque fiz ela existir. O artista é realmente o único profissional que cria a humanidade, e é condicionado pela sua criatura. Os conquistadores de povos, quer por meio da guerra quer por meio do capitalismo, não concebem a humanidade, nem eles! Porque são por natureza internacionais. Só o artista inventa a humanidade. Porque sendo *out-law,* extra-econômico por natureza, sem classe por natureza, sem povo por natureza, sem nação, o artista não deixa por menos: o que ele exige é a humanidade. Eu sou um desgraçado, Pastor Fido. Eu sou o desgraçado, como Deus. A minha consciência moral e intelectual exige de mim participar das lutas humanas. E eu participo. Solicito a verdade e pela síntese das obras de arte, proponho uma vida melhor e combato por. Eu, repudiando os nacionalismos, pela minha própria exigência de humanidade no entanto me esforço em ser nacional, como Deus se constrange no "nacionalismo" das religiões. O Catolicismo, neste sentido, é tão inteligente e artista, que se chamou de "católico", *"catholikós",* compreendendo a universalidade, a humanidade do Deus... E eu participo!

— Constrangido...

— Não, Pastor Fido, eu não estou constrangido não! Talvez nem Deus esteja constrangido... Eu não estou constrangido, mas "exigido" pela minha própria verdade de mim, de artista. Eu amo essa humanidade que eu inventei, eu amo com raiva! Eu amo apavoradamente, Pastor Fido,eu tenho medo! eu tenho medo dessa realidade monstruosa que é mais forte que eu !

O compositor Janjão parara no meio da estrada, mordendo a mão pra evitar a fraqueza da lágrima. O moço teve dó. Sorriu sem evitar um pouco da ironia, olhando aqueles ossos, ossos físicos, ossos intelectuais, ossos morais, monturo de ossos, tão sensual, tão contraditório e bem mesquinho. Feriu, por piedade:

— E os artistas acadêmicos?

O compositor Janjão abriu para o rapaz, os olhos úmidos. Aos poucos uma expressão feia de asco lhe desmanchou a cara toda. Murmurou hesitante, cheio de egoísmo amoroso:

— Esses não são preliminarmente artistas. Não são artistas, à maneira fatal com que as verrugas são verrugas... Se fizeram artistas por capitalismo. Não são artistas, são capitalistas. Mas existem até capitalistas geniais, Rafael, por exemplo... Paganini, Ravel... Vamos andando!

Janjão estava bastante envergonhado com a fraqueza que tivera de mostrar as suas contradições de artista, consciente da servidão social das artes mas incapaz de se libertar do seu individualismo. Continuou andando, perdido lá no seu mundo nebuloso, murmurando indiferente ao moço que o seguia:

Já não conseguiria mais construir uma arte que interessasse diretamente as massas e as movesse... O melhor jeito de me utilizar, de acalmar a minha consciência livre, imagino que será fazer obra malsã... Malsã, se compreende: no sentido de conter germes destruidores e intoxicadores, que malestarizem a vida ambiente e ajudem a botar por terra as formas gastas da sociedade. Obras que entusiasmem os mais novos, ainda capazes de se coletivizar e os decidam a uma ação direta...

...Na verdade o período destrutivo das artes ainda não acabou. Nem mesmo para os moços que já tiveram outras facilitações coletivas e beberam com o leite materno, os leites e venenos das ideologias sociais novas. Eles também, nestas paragens, só podem destruir, só agem destruindo. Ora si pra eles que já são socialistas de fato, já são "fisiologicamente" coletivistas, a ação tem sido destruição e combate, quanto mais pra um como eu, que por mais coletivista de pensamento, não passo dum burguês de fato, "fisiologicamente" burguês. Pra mim as formas do futuro serão sempre um me atirar no abismo. ..Eu não posso me identificar com esse futuro que eu sei, que todos sabem, há-de vir. Só fazer obra malsã... Teorismos, construir, seria uma falsificação insuportável de mim...

O engraçado é que os que chamaram aos modernistas de "destruidores" assim como os modernistas que se imaginaram tais, todos se enganaram. Na verdade, embora destruindo cânones e escolas de arte, embora destruindo certa burrice da rigidez moral e intelectual, já inúteis, da burguesia, o que se fez foi sempre construção a serviço dessa mesma burguesia. Só o "sintoma", Pastor Fido, só o "sintoma" revolucionário teve funcionalidade destrutiva para o espírito de revolta e destruição de agora. Por onde ainda se prova que as técnicas do inacabado são combativas... Mas ninguém foi mais sensato que aquele poeta que no seu primeiro livro modernista, afirmou que o verso livre não vinha acabar com o metrificado, mas se acrescentava a este como uma riqueza a mais. E isto é construção. Pastor Fido! É riqueza "a mais", capitalismo!

Sem dúvida, é possível continuar construtivo naquilo em que a minha obra ainda terá de técnica. Existe uma técnica popular, uma técnica de espírito folclórico, fatalmente tradicional, artesanal por princípio. É o artesanato. Mas esta técnica, nascida do material e da obra-de-arte, não é exclusivamente popular, pois não deriva do homem mas do objeto. Porém mesmo a técnica expressiva e individualista, não é necessariamente burguesa como não é necessariamente aristocrática ou proletária. É a-classista, é para-classista, por isso mesmo que a sua fatalidade é o indivíduo. O que sucede porém é que muitas vezes os donos da vida se apoderam dessas técnicas individuais, as auxiliam e propagam, justo porque elas podem ser desenvolvidas para o proveito da sua classe deles. Os "fauves" de todas as artes, não são "fauves" exatamente porque tinham uma visão irredutível do mundo, mas porque essa visão não era aproveitável nem útil aos donos da vida. Todos os iniciadores de técnicas e escolas de arte, são "fauves" a princípio. Tão "fauves" eram Jerónimo Bosch, um Greco, um Scarlatti Domênico como inicialmente o foram um Giotto, um Buxtehude, um Clementi. Mas se você observar o espírito, o estilo, a obra destes últimos, que foram criadores de escolas, e a dos primeiros, que não conseguiram criar tradições, você observa que num Buxtehude continuado por Bach, num Clementi continuado por Beethoven, num Gôngora como num Manet, proliferam os germes do academismo. Não germes artesanais, que ultrapassam os homens e as escolas, mas os germes da facilitação, do gostoso, do eruditismo falso.

Não estou atacando um Giotto, não! Ele foi tão "fauve" como Domingos Scarlatti que ninguém pôde seguir nem adotar. Mas o que tem de mais trágico no "populismo" desses artistas fatalmente aristocráticos porque intelectuais e eruditos, é que esse mesmo populismo vai ser convertido imediatamente pelas classes dominantes, em processos de distanciamento social. Desprestigiam o que tinha de essencialmente popular na obra e no estilo desses artistas, e só aceitam o que tinha neles de "populístico", uma teoria! A meta desses criadores iniciais de escolas era sempre o assunto, na intenção de se tornarem mais eficientemente comunicantes com a humanidade que sonhavam. Mas as exigências dos donos da vida logo escamoteiam essa intenção primordial de assunto, exaltando os prazeres estéticos da técnica de modo a mascarar o São Francisco de Giotto numa definitiva Madonna de Rafael, deformar o piano de Clementi no piano final de Liszt, ou a orquestra de Beethoven na de Tschaicovsqui. Ou mesmo de Mendelssohn...

Você repare, Pastor Fido: um Mendelssohn, um Tschaicovsqui, um Sant-Saens, mesmo um Rimsqui, são a expressão mais abusiva, digo até mais genial da mediocridade, do academismo e da esperteza. Mais perfeitos, muito! que um Beethoven, da mesma forma que Rafael é, dentro do mesmo espírito, mais perfeito que Giotto. Sem dúvida, esses medrocres geniais trazem uma contribuição virtuosística enorme. Mas apenas. Compare um Mendelssohn com um Berlioz. Como este é mais imperfeito, mas que criador legítimo! Ah, Pastor Fido, como eu prefiro os autores menores aos gênios medíocres! Não se pode, seria impossível colocar Mendelssohn, Tschaicovsqui entre os mestres menores. Eles arrombam a modéstia feliz destes. Mas também seria impossível colocá-los no primeiro time dum Beethoven, dum Palestrina, dum Rameau... Por isto mesmo é que agente percebe a estupidez funcional deles: não pertencem ao segundo time dos mestres menores, mas também não pertencem ao primeiro time dum Verdi, dum Monteverdi, dum Mozart.

— Então esses Tschaicovsquis e Mendelssohns são reservas do primeiro time! São necrófagos à espera da falta ou da morte dos grandes, pra tomarem esfomeadamente o lugar deles, e os substituirem em última instância. Isso é que eles apenas são. Você estará certo... A técnica expressiva do artista erudito não é classista porque é preliminarmente individual. Nem também a técnica artesanal, que não depende do homem, mas do objeto. A técnica pode no entanto se tornar classista, quando se repete, vira escola e se academiza. Aí, ela se torna uma virtuosidade. Mas o diabo é que o próprio artista se repete... Vira um virtuose de si mesmo...

— Se repete, não tem dúvida, e este é um dos problemas mais irritantes da criação artística. Na maioria dos casos, porém, é fácil a gente perceber que isso deriva de interesses antiartísticos. O criador principia bem, como um Carlos Gomes, na evolução Guarani Fosca, mas não consegue lutar contra si mesmo e o meio, se academiza, vira capitalista, abandonando aquele princípio de "fazer melhor" que já apontei. Você veja o caso de Wagner, que alcança a maravilha de Tristão e mesmo dos Mestres Cantores, quando o seu ideal artístico consegue enfim se definitivar. Mas depois Wagner dormiu na virtuosidade de si mesmo, virou wagneriano! E o Anel e o Parsifal são obras fracassadas, mera repetição, apesar das passagens geniais que Wagner não pôde... evitar. Simplesmente porque era gênio, era maior que si mesmo...

— Se dá igual com os gênios da ciência, que muitas vezes se academizam... Há homens que se tornaram eternamente dignos da nossa veneração por terem descoberto algumas verdades essenciais. Porém muitas vezes eles ficam como que deslumbrados pela verdade que descobriram, a generalizam, a aplicam a tudo. Como um Freud, por exemplo...

— Freud e Wagner se equiparam.

— E se tornam por isso indignos, não da nossa veneração, mas das verdades que descobriram. Eu imagino sim, a insuficiência dolorosa em que você vive Janjão: eu agora compreendo melhor porque, faz pouco, você quase exclamou, como si fosse um ideal, essa necessidade do artista ter uma teoria, mas dever sempre ultrapassá-la em seguida.

— Ter uma teoria... ter mesmo uma personalidade e saber ultrapassar tudo isso! Esta ânsia esfomeada de superação...

— Mas então procura ao menos se superar fazendo arte pra esse povo que você também exige.

— Não procuro, não tento. Eu procuro é envenenar, solapar, destruir, porque eu acho, mais pressinto que acho, que o princípio mesmo da arte deste nosso tempo é o princípio de revolução. Os artistas eruditos que se botam fazendo essa tal de "arte proletária", confudem Charitas com a caridade esmoler. O povo, pra eles, não passa duma superstição. É certo que o humano, o utilitariamente humano, é que eu pretendo. Não o "humano" acomodativo dos artistas que tudo convertem a valores gerais, os "valores eternos", mas o combativo e transitório. Mesmo o transitório, mesmo a arte de circunstância, morta cinco anos depois. Que valor mais terá esse "Esquerzo Antifachista", depois que Mussolini virou pó de traque? Nenhum. Nem me interessa que tenha mais algum. Agora o que me interessa é isso: envenenar, angustiar, solapar, num voltairismo estético que ajude ou apresse um novo Oitenta e Nove. Meu individualismo desumano, sabedor do que há de safadeza na Inteligência (até na minha!), me traz logo ante a vista histórica, a figura repugnante dos napoleões do passado. Mas minha liberdade moral não tem nada com isso. Contar com napoleões no futuro é se esterilizar. É erigir a dúvida como princípio de arte, coisa que não pode se confundir com o "fazer melhor", que deriva da certeza e da verdade. Já teve granfinos e pedantes da estética que disseram ser a arte uma mentira.

A arte será sempre uma proposição de verdades. Porque é um fenômeno de amor. Não de amor sexual mas dessa Charitas vermelha, incendiada, que você tão bem adivinhou. Chegamos.

— Que casa linda! Mas onde é que você me leva! — Você tem onde almoçar?

— Nem onde nem com que.

— Então venha comigo. Esse monstro que você chamou de lindo, é a residência da milionária Sarah Light, minha amiga.

— E você chama de monstro essa casa!

— Detesto a arquitetura moderna. Isso nem tem jeito de casa!

— Pois é: no entanto a sua música é a mais moderna possível porque você busca o "fazer melhor", esquecendo que os passadistas musicais também dizem que "isso nem tem jeito de música". Esses desequilíbrios é que são desonestos em vocês, artistas. Ainda hei-de escrever um panfleto botando isso no ridículo. Seres imperfeitos, incompletos. Uns só entendem de pintura, nunca vão a um concerto; outro é músico moderno mas detesta a arquitetura moderna. Se esquecem, ignoram que só existe uma arte, é a Arte, de que as artes não passam de processos de representação. Outros esquecem que a época é uma só, revelada, explicada tanto pela música moderna como pela arquitetura moderna. Vocês são uns desequilibrados! Mais que isso, uns descalibrados, que por causa de não se tornarem o Artista, mas pintores, literatos ou músicos são incapazes duma atitude crítica única. Você em música me falará de dissonâncias, de processos de instrumentação, de politonalismos, num exibicionismo técnico legítimo, mas pra falar duma arquitetura, falará de sensibilidade, romantismo, realismo, exibirá conhecimentos de história, criticando os modernos por antitradicionais. Vocês não têm calibre! matam onça de avião, mas pra matar pernilongo ainda ignoram a existência do flit. Vamos entrar.

Capítulo III

Jardim de Inverno

***A sensação estética,* ensinada por Siomara Ponga à milionária e ao político.**

Janjão chegava tarde, eram pouco menos de quatorze horas. Desde muito que Sarah Light estava com os dois outros convidados, no seu lindo jardim de inverno com o chão em largos quadrados de mármores frios verde e branco, peles imensas de tigres, uma esplêndida mobília de cipó-titica feita em Manaus, e a mais difícil coleção de orquídeas e de avencas que nunca se viu.

Ali pelas doze e trinta, Sarah Light deixara a mesa de tualete, e definitivamente pronta fora se contemplar no espelho grande. A criada grave mudava o disco terminado, que a milionária só se vestia ao som da música. Era Rubinstein na "Cathédrale Engloutie". Sarah Light fez um gesto de impaciência:

— Tire isso, Frau Gluckstein, não me enerve hoje, desculpe. Ponha música mais franca. Os Antigos.

— Vivaldi?... Corei li?...

— Não! Não!... Preciso de órgão. Violino, piano, não sei... me suavizam demais, os seios descem, me humanizam...Ponha Bach.

E assim que estouraram no ar as ordens sopradas do órgão numa Tocata martelada, a milionária pôde se contemplar. Agora aquela música lhe fazia bem, e sem muita condescendência mas sempre alguma, Sarah Light conseguiu se achar linda. Não estaria linda, mas estava bela. Não podia mais aspirar à beleza da cantora Siomara Ponga, que era ao mesmo tempo linda e bonita; mas auxiliada pelos franceses que ouvia sem escutar enquanto se arranjava, dera à tualete uma minuciosidade de cravista. Mais de Daquin que de Dandrieu porém, mais do altivo Rameau tão puro, que do precioso Couperin le Grand. Só Daquin lhe conseguira evitar mais as primeiras ruguinhas dos olhos. E Rameau escolhera um vestido branco sem enfeite nenhum, apenas na cintura o botão preto que se repetia nos sapatos e um decote tão esquecidamente humilde que apenas deixava entrever umas três grossas pérolas do colar. Mas a seda do vestido era ainda uma fazenda rara, européia, não desse branco de um anúncio despudorado das sedas americanas, mas sujada de reflexos dum azul cinzento. Os anéis, o rubi famoso que lhe dera o marido, a esmeralda quadrada... porém Rameau numa gavota quase honesta lhe castigava a triunfalidade das jóias com tanta energia que Sarah Light retirou os anéis envergonhada. Mas Rameau ainda estava descontente, ela sentia. A tonalidade com muitos bemóis lhe demonstrava que na sua idade crepuscular as mãos deixadas sozinhas, ficavam com espírito de porco. Afinal conseguiu compreender o conselho da música. Esqueceu na mão esquerda, que a mão direita não enxerga mas de que se orgulha, um diamante apenas, quase sem aro, de oitenta contos. E então no da-capo, depois do trio, a gavota soou satisfeita como a verdade. Agora estavam avisando que a cantora Siomara Ponga chegara, mas Bach já não tinha indecisão alguma e respondeu como quem manda: "Que espere". Sarah

Light virou o perfil para o espelho e ficou feliz mas tristonha. Aquela linha apenas ondulante de ventre, apesar de bem mais nova, jamais que a cantora teria, obrigada a se desmanchar numa barriga de tenista cinquentão por causa dos exercícios vocais. O corpo de Sarah era mil vezes mais perfeito. Mas trabalhado porém. E o ventre adolescente lhe era dado por aquela cinta, apenas uma viagem de avião, mais a criada, a Nova York. Ficara pelo preço do brilhante. Mas Bach iniciara o estreto, insistindo no tema. A milionária encheu os pulmões de ar e decidiu consigo: fosse ar ou não, cinta ou não, era mais poderosa que a cantora. "Faz favor, pare essa música, Frau Gluckstein". Não precisava da música mais. Desceu.

Entrando no jardim de inverno teve um deslumbramento e logo uma ironia. A cantora, sempre ciumenta de tudo, resolvera dar uma bofetada na amiga. Era aquele vestido inteirinho amarelo. Siomara Ponga estava de amarelo! Era um horror sublime que ela aguentava bem, apenas insistindo um bocado mais no ruge e no baton. Siomara Ponga estava de uma beleza louca e Sarah Light bem que sentiu o bofetão.

— Oh, minha amiga, como você está chique!

A cantora percebeu a malvadez da outra, desviando o qualificativo. Curvou a cabeça na grafia dum pudor confundido, quis fingir mas preferiu a audácia de mostrar suas intenções:

— Mas querida, eu não pretendi ficar "chique" e sim maravilhosa! As minhas extravagâncias de tualete, acredite, são bem conscientes, sou artista. Não devo ter o bom gosto equilibrado com que o seu arranjo de hoje demonstra séculos de... de sangue e de cultura, Sarah Light. O bom gosto só pisa em terreno bem firme e provado. Em arte a gente precisa se jogar no abismo. É preferível fracassar duma vez a permanecer no cuidadoso da mediocridade.

Se arrependeu da palavra "mediocridade", demasiado insultante. Sarah Light aproveitou o silêncio da outra e resolveu se mostrar superior. Ela também sabia coisas! Ainda incerta do que iria dizer, disfarçou:

— Vamos sentar... Sente mais perto, pra conversarmos sossegado, enquanto esses homens não chegam... Mas... você tem razão: Em arte, não digo na vida que é o meu caso, mas na arte que é o seu: em arte o bom gosto é um...

— Um academismo sempre, Sarah. Desse ponto de vista eu prefiro de muito uma Tarsila a um Lasar Segall, um Villa Lobos a um Ravel.

— Mas eu não posso compreender bem: você só fala nos modernos e no entanto os seus recitais são tão... tão mansos...

— Amansados, Sarah Light, amansados: questão de servir o meu público. Mas acredite, a minha situação já está se tornando inquietante. Cinco anos atrás, eu vestiria este amarelo sem pensar, fazia parte da minha vida de artista. Mas agora, passados os trinta anos, eu hesito. Me sinto velha por demais e tenho um medo do fracasso que nunca tive. Estou velha, Sarah.

— Engraçado... (Sarah preferiu não corresponder à alfinetada pelo mesmo assunto, perigoso pra ela. Desviou:) Engraçado, um mês atrás se realizou no Brasil, não sei se você ouviu falar, um Congresso da Mocidade Católica. Eu fui patronnesse, me convidaram. Já sabe: precisavam de dinheiro, tive que dar. Eu não acredito em nada, parece incrível que uma pessoa culta acredite, mas enfim sou católica. Tive que estar lá. Por sinal que foi uma demonstração impressionante de fé... Mas estive imaginando, mais ou menos na ordem do pensamento de você: enfim ter fé, ter coragem, está certo nos moços, mas o que eu censurei naquela mocidade católica foi a ausência da burrada, pareciam velhos! Andou tudo muito em ordem muito exato não só dentro do dogma católico — o que ainda a gente pode considerar socialmente lindo — mas dentro do senso-comum católico, um beatismo larvar. Isso depõe contra a atividade, a paixão religiosa e a inteligência desses moços. Uma das manifestações bem caracterizadoras do "estado da juventude" é a burrada, sou doida por isso. O exagero intempestivo, áspero, saltando pra fora do bom senso: coice em flor da sensibilidade ou da inteligência... Isso até repercute no corpo da gente. Enfim: burrada!...

— Pois é. Voltando à arte: a maior conquista do modernismo brasileiro foi sistematizar no Brasil, como princípio mesmo de arte, o direito de errar. Quando a gente estuda a psicologia de trabalho dos artistas brasileiros anteriores ao 1920 de São Paulo, percebe nítido que a preocupação deles foi sempre fazer não propriamente o já feito, o já tentado, mas o fixamente definido. Poucos se excetuam a essa carneirice castrada, quase que só o gênio de Machado de Assis. Porque a mais atraente aventura intelectual brasileira, Álvares de Azevedo, não chegou a se firmar. Se pode mesmo provar que o que mandou nos artistas brasileiros até 1920, nem foi tanto a aspiração de acertar, mas a preocupação de não errar. É a "Carta pras Icamiabas" do Macunaíma, conhece?

— Não. Não gosto de ler em português. De mais a mais, eu desconfio que a normalização na psicologia artística brasileira do direito de errar, não veio sem confusões. Não são as estéticas que estão me interessando aqui, mas um valor de ordem social, de ordem moral. Por causa da burrada ser uma característica do estado de juventude, muitos desses modernistas confundiram isso que você chama "direito de errar" com a burrada. Vem daí essa espécie de *slogan* de juventude de ser "espírito moço" dos que não souberam envelhecer. Tudo confusão. O moço faz burrada e possui por conseqüência da idade o direito de errar. Mas nem todo direito de errar dá direito à burrada. O direito de errar tem como conseqüência a pesquisa, a inovação mas nunca, por si mesmo, a desorganização moral, a irresponsabilidade, o cinismo, a indignidade. Tamanhos velhos alguns, sem a menor inteligência de envelhecer... Não conseguiram de forma alguma readquirir o estado de juventude, está claro, mas lhe macaquearam a virtuosidade. Sobretudo na burrada... Aliás, eu não gostei de ver você atacar o academismo. Si essa gente não tivesse o preconceito do antiacademismo, não confundia o direito de errar na criação artística, com a miséria de viver no errado como foi o que fizeram. O academismo é moral. — Você se interessa tanto assim pelo que é moral?

—Me interesso, sim senhora! De resto: mansa ou "amansada" como você diz, você é uma acadêmica.

— Mas eu sou virtuose, Sarah, não sei compor! — Mas você jamais canta as obras de Janjão!

— Ora, mas isso é outra coisa, minha amiga, não é questão de academismo. Você não é cantora, não pode saber: esses compositores modernos não são apenas dificílimos, são quase sempre irrealizáveis. Você conhece as duas séries de "Canções Populares" de Luciano Gallet? São delícias verdadeiras essas obrinhas, mas não são apenas escabrosas de se conseguir uma boa execução vocal, com bastante caráter: o pior é que o acompanhamento é tão difícil que não só exige um acompanhador virtuose verdadeiro, como completamente escolado no jeito musical brasileiro de ritmar. Tocando apenas como está, sem dengue, sem o rubato folclórico dos brasileiros fica duro, complicado, medonho. Não resulta! Eu cantei a coleção toda uma vez, no Rio pra agradar o pobre do Gallet. Foi uma maravilha porque ele me acompanhou. Mas depois jamais consegui, mesmo no Brasil, encontrar acompanhador que soubesse fazer como o Gallet fazia. Ninguém quer fazer profissão de acompanhador no Brasil. Quem se pega tocandinho um bocado melhor, já pensa que é solista. Não tem um acompanhador que preste lá. Só o Mignone e o Guarnieri, mas estes são compositores. E não pense que isto se dá só com a voz. A música moderna instrumental é interessantíssima na leitura, não contesto, mas vão tocar e muitas vezes não "rende", porque esses compositores atuais na maioria criam em abstrato, sem se dobrar às exigências naturais dos instrumentos, nem lhes aproveitar as qualidades próprias. E muito menos da voz.

— Viva Puccini!

— Viva Puccini, pois não! Esse valor imenso ele teve, como o tiveram Bach, Mozart, Palestrina, Vivaldi, todos os antigos, e um raro Ravel, um raro Strauss em nossos dias.

— Você está muito estética demais.

— Não estou, Sarah Light! Estética só pode ser a filosofia do Belo, ao passo que eu sou é técnica. Da estética se destacou uma ciência exata bem pobrinha aliás, a estética experimental, que procura discriminar os elementos objetivos que nos causam o prazer de beleza. A estética é para os filósofos e os cientistas. A técnica é para os artistas.

— Não estou de acordo. Em 1926, quando eu morava no Brasil, e ainda não tínhamos feito a Tramway e as fábricas de perfumaria de Mentira, fui convidada a freqüentar um curso de Estética Comparada das Artes, realizado por um professor Mario Andrade pra ex-alunas do Colégio des Oiseaux...

— O autor do "Macunaíma"!...

— Não sei... Era em 1926 e logo larguei o curso, pra ir estudar na Alemanha. Mas me lembro muito bem que ele afirmava a utilidade da estética como disciplina do espírito de qualquer um e que "para os artistas então, a estética faz parte da própria técnica, é lógico", frase textual, que eu copiei. — Ele repetiu isso com outras palavras no "Baile das Quatro Artes". Ou por outra: a aula inaugural sobre "o Artista e o Artesão" implica isso, pois que ele está ensinando estética e afirmando no entanto que o aluno só pode aprender técnica. Mas ele mesmo diz que a estética, enquanto disciplina filosófica completa e metódica, é para os filósofos e cientistas, e a arte é para os artistas. Nunca jamais, Sarah, um artista, nem guiado por uma filosofia completa da beleza, nem utilizando todos os elementos do prazer estético determinados pelos laboratórios, conseguirá fazer uma obra-de-arte genial. André Lhote se tornou deplorável quando pretendeu conseguir isso. Aliás ele é muito mais interessante na crítica que na pintura.

— Mas então eu não entendo bem o que você chama de "técnica".

— Técnica será, digamos: o conjunto de conhecimentos práticos com que o artista move o material pra construir a obra-de-arte.

— E a estética entra nisso de conhecimentos práticos e do material?

— Entra sempre, da mesma forma que não beber veneno, que não tem nada de inicialmente objetivo, e tanto é uma defesa técnica como um ideal. A estética faz parte da técnica, não como um sistema filosófico, mas ao mesmo tempo como uma pesquisa, uma vontade preliminar e uma experiência adquirida e consentida. Da mesma forma que o verso-livre é inicialmente um princípio estético que depois vai movimentar toda a rítmica psicológica do verso; da mesma forma que a noção de consonância e dissonância foi inicialmente um preconceito estético que desenvolveu toda a criação maravilhosa da polifonia: a própria ideologia estética do nacionalismo na Rússia deu o revolucionário Mussorgsqui e a própria ideologia da tragédia grega cantada deu a Camerata Florentina e a ópera. Você repare: não eram exatamente ideologias, mas "idealogias". Não eram uma filosofia, com um objeto, com método próprio e princípio, meio e fim; não era uma idéia estética desenvolvida em suas conseqüências, mas um ideal estético, fruto duma vontade e duma preferência consentida. No caso, a leitura da tragédia grega ou o anti-realismo russo da música russa italianizante que deu, como conseqüência, o estudo da fonte popular. Uma legítima técnica enfim.

— Mas e a arte onde é que fica nisso tudo!

— A arte é um capítulo da Estética. O mais importante si você quiser, mas só si você faz muita questão. Na verdade devia ser apenas um capítulo como os outros; e em geral os estetas filósofos que tratam excessivamente da arte avançam pelos caminhos da sociologia, da psicologia, da história, não só numa confusão grande de métodos, como principalmente numa escamoteação do objeto. Arte é outra coisa. A estética, como filosofia do belo e como ciência do prazer de beleza, conduz diretamente ao bem e à verdade. Da arte, são apenas auxiliares e para os gênios sempre foram auxiliares discretíssimas. Da mesma forma que a acústica para a música.

Enfim... estética é um processo de conhecimento, da mesma forma que a arte, mas jamais a estética nos levará a gozar da arte e a vivê-la em toda a sua plenitude e finalidade. E como filosofia, ela determina muito mais um comportamento moral, um conhecimento abstrato do belo, que uma compreensão crítica da obra-de-arte e a apreensão da beleza.

— Você leu Okakura Kakuso?

— No "Livro do Chá"? li.

— Ele diz lá, gostei muito, que "nous classifions trop et ne jouissons pas assez"...

— Eu não sei por que você cita Okakura Kakuso em francês...

— Eu li em francês, não li em inglês.

— Não é isso! Me irrita é essa mania de citar alemães, russos, japoneses, em francês ou inglês. Si já não pode ser o escrúpulo do original, pois se trata de tradução, o melhor é traduzir já duma vez pra nossa língua. Nunca tive maior sensação de ridículo linguístico do que abrindo um livro de Albertina Berta, que principiava com uma epígrafe de Nietszche em francês.

— Aceito o pito. Mas minha amiga, não sei si é o amarelo que está deixando você tão irritadiça!

— Desculpe Sarah Light deve ser cansaço tenho lido muito esses dias.

— Você se cansa de ler? eu não!

— Sim, mas você lê principalmente romances, revistas.

— Não diga isso, não senhora! Até que ultimamente quase só leio sociologia, e quando tenho tempo freqüento os cursos de filosofia, na Faculdade de Ciências e Letras. Até já comprei a "Encyclopaedia of the Social Sciences", que parece meia comunista, mas enfim é um comunismo moderado. Tenho me divertido muito. Você precisa ler, Siomara Ponga.

— Eu estou mesmo com vontade de estudar sociologia, até já li Gilberto Freyre, mas no momento não posso. Além do grego moderno que estou aprendendo a pronunciar por causa dumas canções populares, um amor! que vou cantar no

Cocktail da Grécia Escravizada, minha paixão agora é a estética. Tenho lido tudo, sobretudo a respeito da sensação estética. Como se aprende Sarah Light! fica tudo tão claro!

— Mas não é o próprio Groce que diz que a beleza é aquilo que a gente já sabe o que é?...

— Isso é blague, embora seja de fato uma blague profunda. Fisiologicamente todos temos as sensações estéticas existentes, esparsas no mundo ou reagrupadas no todo das obras-de-arte. Abrindo os olhos, recebendo um som se produz na gente uma comoção que a inteligência determina, dizendo: isto é belo. Aqui tem um jogo de palavras que precisa fixar bem: A sensação estética é fisiológica, todos têm a mesma diante do mesmo caso, mas o afeto o sentimento estético é já um fenômeno mais complexo que não existe, sem a colaboração determinante do espírito. Aliás, eu falei que todos têm a mesma comoção estética diante do mesmo caso, o que já está errado, essas coisas são delicadas. É fácil decidir que diante da cor vermelha todos temos uma sensação mais forte que diante do rosa, e que cada uma delas produzirá uma comoção mais ou menos agradável. Porém mesmo este "mais ou menos" já é grandissimamente determinado pelo estado fisiológico de cada um, e cada qual tem um físico diferente e mesmo transitório. O vermelho é reconhecidamente excitante, mas quem precisa de excitantes se agradará mais do vermelho do que um outro que não carece disso. Mas...

O político Felix de Cima irrompeu pelo jardim de inverno. Sarah Light que estava se deliciando com a explicação da cantora, não pôde evitar o pensamento espontâneo de que Felix de Cima jamais seria uma sensação estética de ninguém. Simpático ele era sim, até bem aproveitável numa noite desmazelada de amor, feita mais pelo álcool que pela escolha do corpo. Isto foi a milionária que pensou. Porém justamente por causa do almoço, o burro do político se vestira melhor, e estava péssimo.

— Meu caro, caro amigo, como vai?

Sarah light se acostumara a chamar toda a gente de "amigo" por causa da leitura de romances franceses. Siomara, junto dela ia na onda, mas a Felix de Cima aquilo sempre causava malestar. "Amiga" pra ele sempre tinha outra ressonância, e o valor do sentimento do "amigo" ele ignorava. A palavra só se aplicava a correligionários políticos, fosse um votante comprado, fosse o prefeito. Esses eram os "amigos" dele. Sentiu logo uma coisa desagradável, de cumplicidade que não desejava. Não gostava de epidermes muito alvas, já sabemos. Beijou a mão da casada, beijou a mão da solteira, (aliás Siomara Ponga não era solteira exatamente, era artista) e disfarçou estabanado:

— Pois é, cá estamos para tirar da miséria o seu compositor.

Sarah light ficou com raiva daquela indelicadeza, que estúpido!

— Mas meu amigo, você não acha mesmo que o Governo tem obrigações de proteger os compositores nacionais!

— Decerto que tem! o nacionalismo é uma bela coisa... Mas enfim, nós todos nos sacrificamos pela pátria... Franqueza: eu não sei o que vocês duas descobriram nesse Janjão...

— Não se trata de Janjão, se trata da música dele! interrompeu Siomara Ponga irritada.

— Se aquilo é música, minha ilustre cantora, só si é música do tal de "belo horrível".

— O belo horrível não existe! Isso é bobagem que muitos estetas aceitaram por confusão.

— Ué! sempre ouvi falar em belo horrível!

— Admitir o belo horrível assim, como no extremo oposto, e belo... belo, admitir enfim um belo esteticamente qualificável, implica aceitar toda uma escala de belos que do "horrível" subisse até o "belo". E havíamos de passar pelo "belo feio", o que é absurdo. Tanto na arte como na natureza, o belo nunca está sozinho, Felix de Cima. O que, aliás, confirma a fixação de que a beleza não é a finalidade da arte...

Na obra-de-arte que castiga, que satiriza, que critica ou mesmo simplesmente retrata, o artista se vê muitas vezes obrigado a representar uma coisa horrível, repugnante, ou apenas feia.

— Pois então! Isso é o belo horrível!

— Absolutamente não. A coisa representada pode ser horrível, repugnante, feia como a dor de Rigoleto ou a infâmia de "Questa ou quella", mas a representação artística, o objeto criado não o será jamais, pra que haja obra-de-arte de valor. O assunto pode ser horrível. A realização estética dele não pode. Por onde se vê também que si o belo não é a finalidade da arte, ele é imprescindível pra que se realize a obra-de-arte. E da mesma forma na natureza. Uma erupção do Vesúvio, uma enchente do Paraíba etc. não são belo horrível. São fenômenos que por serem da natureza, contêm necessariamente muitas parcelas do belo natural, cores, volumes, ruídos, movimentos... As parcelas naturais serão objetivamente belas, mas o assunto, o caso é horrível.

— Puxa como você sabe coisas! Eu sempre falei que é uma pena eu não poder estudar também...

— Siomara Ponga até estava me contando como é que se realiza a comoção estética, é interessantissimo. Você não quer ouvir?

— Quero, ora si! Isso até vai me auxiliar pra comprar quadros pro Estado. Inda agora tem aí uma exposição de pintores balcânicos e querem por força vender pro Governo um Nu de cem contos, até eu não gosto! aquelas carnes brancas, sem realismo... Mas eles têm tanta proteção... Assim você me ajuda a recusar isso. Porque não vieram pedir diretamente pra mim! desaforo...

O subprefeito estava sufocado de despeito. Siomara ainda olhou pra ele com vontade de desprezar, mas enfim sempre era um subprefeito e protetor das artes. Principiou meia sem vontade, mas ciente de dominar o seu público:

— É tão simples... O homem pelos sentidos está em contacto com as ondas luminosas, acústicas, etc.

Felix de Cima zurrou despeitado.

— Porque só o homem? a mulher também!

— Pois é... o homem e a mulher estão, pelos sentidos em contacto com as ondas luminosas, acústicas etc. Esse contacto é levado ao cérebro pelos nervos condutores para os diversos centros, visual, auditivo, de tactilidade, e só então é que a sensação se determina. Porém o efeito não pára aí. Si parasse não podia se dar comoção de beleza. O cérebro registrava apenas o que os sentidos receberam, e a idéia nascida nele seria apenas uma verificação, um conhecimento. E se confundia com a verdade: cachorro, vermelho, marchar. Mas depois da vibração ter atingido o centro cerebral que lhe corresponde, ela se difunde por todo o cérebro e pelos nervos eferentes, se espalha por todo o organismo humano da cabeça aos pés. De maneira que todo o corpo fica vibrando por causa dela; Bain diz que não só os órgãos do movimento mas até as vísceras. Vocês estão vendo? isso cria naturalmente no corpo uma atividade, diversa como intensidade e qualidade, da que existia nele antes de entrar em contacto com a vibração exterior. Essa atividade, como qualquer atividade aliás, produz no organismo uma criação e emprego de forças a que geralmente dão o nome de dinamogenia. E este emprego novo de forças faz com que as funções vitais se ativem ou amoleçam. Esta ativação ou pacificação que depende do estado físico de cada um, é recolhida de novo, reconhecida e catalogada, pela nossa consciência que a qualifica então como um prazer ou desprazer. A este prazer ou desprazer é que chamam de comoção estética. E por ela, então, se cria esse sentimento de "empatia" como falam os ingleses, pelo qual a gente reconhecidamente se entrega ao objeto que causou o estado de prazer ou recusa o que causou desprazer. Si foi prazer a gente chama o objeto de belo. Si foi desprazer, de feio.

— Mas então, pelo que você diz, até escutando a Paixão segundo S. Matheus, de Bach, que todos sabem ser uma obra-prima, uma pessoa conforme o seu físico pode achar aquilo feio...

— A bem dizer não pode, Sarah Light. Se as comoções estéticas fossem tão fisicamente decisórias assim, elas pertenceriam mais à terapêutica da medicina que à liberdade do prazer. O estado físico importa sempre. Mas sobretudo na complexidade enorme da obra-de-arte, ele jamais seria decisório esteticamente, embora possa ser decisório como verdade ou como bem.

— Eu não entendo nada do que vocês estão dizendo...

Aqui a frase de Felix de Cima foi uma queixa tão humilde que ele readquiriu toda a simpatia que irradiava. Esse é um golpe bem conhecido dos que têm a bossa da política. Não há nada que torna a gente mais simpático do que fazer com que os outros se lembrem por si mesmos que se esqueceram da gente. Isso era manha inconsciente em Felix de Cima, mas de que ele abusava. Siomara olhou o gostoso, e teve paciência dessa vez:

— Imagine, Felix de Cima, que ao chegar num concerto você tem um desastre de automóvel que mata uma mulher carregando o filhinho. Ou imagine que depois do concerto você vai ter um encontro de amor. Está claro que a verdade daquele órfão que ficou ou a impaciência do seu amor, não só ocupam o seu espírito, mas provocam no seu corpo estados dinâmicos tão impositivos, que você não poderá se entregar à passividade necessária à contemplação estética. Si levarem a Paixão de Bach nesse concerto, si você não a conhece, nunca poderá apreciá-la. Mas si a conhece, ela poderá até pacificar você. Dos dois lados: sendo uma pacificação boa no caso do desastre e... uma pacificação perigosa no caso do amor.

Felix de Cima deu uma gargalhada. Tinha entendido um meio de muitas vezes recusar concertos e exposições de pintura.

Na verdade a comoção estética é fisiologicamente fatal, mas pode ser casual principalmente pela participação do espírito. Sendo um fenômeno fisio-psíquico, ela tem conjuntamente caracteres fisiológicos e psicológicos. Os fisiológicos são: A comoção estética é imediata; é dinâmica; é fatal; e tem uma tactilidade geral. Os caracteres psicológicos fazem que ela seja um prazer; não tenha uma necessidade imediata; seja casual; e não tenha inteligência, não exija compreensão nenhuma. E enfim que possua um deslumbramento que é inerente a ela. Creio que não me esqueci de nenhum dos principais...

As comoções de prazer e desprazer que nós temos são muitas, infinitas mesmo, porque a finalidade do homem sendo alcançar a felicidade, tudo pra nós se resume em alcançar o prazer.

— Por isso que eu sou epicurista! Gosto de comer bem...

— É... você é epicurista sim... Porém nem todas as comoções de prazer são comoções estéticas, e o que distingue estas das outras é o caráter fisiológico de imediateza. Si temos fome e comemos, se dá comoção de prazer. Si temos fé e morremos no martírio também temos uma comoção de prazer.

— Fresco prazer!

— Mas nenhuma destas comoções é estética, porque nenhuma delas é imediata. O prazer, aqui, deriva, é uma conseqüência de interesses práticos, como no caso de comer, ou de interesses mais sutis, como o sacrifício do crente. Já não se dá o mesmo com a comoção estética, que, sendo imediata em seu sensacionismo a bem dizer independe da gente, não vem de nenhum instinto, de nenhum raciocínio e de nenhum interesse prático. Si estou saciado e como, não tenho mais prazer. Já porém, si lhe mostro, Felix de Cima, um pano vermelho, você, queira ou não queira, tem uma sensação estética já definitivamente provada pelas experiências de laboratório. Que a comoção estética é dinâmica, isso vocês já sabem, vida é movimento. Porém o dinamismo embora sendo fisiológico, tem uma importância psicológica decisiva em arte. Pode-se dizer que ele é que convence do assunto. Daí as obras-de-arte de assunto muito interessado, as obras de combate por exemplo, hinos, marchas, caricaturas, sátiras terem um ritmo mais violento. Certos autores, mesmo, chegam a imaginar que a arte nasceu do dinamismo. Como Spencer, por exemplo, que dizia do canto ser o resultado duma lei fisiológica: a intensidade do sentimento ajustando de maneira particular os órgãos de respiração e da voz. Wallaschek chegou a dizer mais simploriamente que o canto é filho do trabalho, por causa do trabalho exigir para o seu rendimento, a repetição dos movimentos iguais.

— Minha amiga, você aceita o verso-livre?

— Está claro que aceito! E compreendo, Sarah.

— Pois eu não compreendo nem aceito, afirmou Felix de Cima convencido. De resto eu não aceito verso nenhum, poesia!. ..Mas é você mesma que está negando o verso-livre, dona, afirmando a necessidade dos movimentos iguais.

— Eu não afirmei a necessidade de movimentos iguais, de metrificação fixa em poesia nem arte nenhuma, embora não a recuse também.

— Mas como é que pode haver ritmo sem a repetição do movimento?

— Sarah, você decorou alguma definição errônea do ritmo, porque de fato a maioria dos teoristas do ritmo, influenciados pela lição das artes tradicionais, não puderam se libertar da idéia dele ser uma repetição. Mas na verdade, ritmo é toda e qualquer "organização" do movimento. Veja bem que falei "organização", isto é, um valor sinão consciente, pelo menos "sensível", pra poder incluir entre os criadores de ritmo também os irracionais e as próprias plantas. Muitos chegam a dizer que a respiração, a sucessão dia-noite, ou das estações, são ritmo, bobagem! Essas formas fatais e sem escolha, podem conter elementos do ritmo, sobretudo o elemento repetição dos ritmos utilitários, mas ainda não são ritmo. Mas você já viu folha crescer? Às vezes é plena calma do dia, não tem vento nenhum, o arbusto está paradíssimo, e no entanto uma folha mexe dum lado pra outro, às vezes com uma violência admirável.

— É verdade, já reparei! mas nunca pensei nisso...

— Foi uma pena, Felix de Cima. Será uma audácia minha dizer que nisso eu já vejo um ritmo, mas vejo. Em todo caso, pra não provocar discussão, deixo isso de lado. Na verdade, só o homem pode "organizar" ritmos completos e complexos, legítima conformação consciente do movimento no tempo. Você viu o filme "Stormy Weather"? Pois lá tem um ritmo livre, absolutamente admirável. É quando na cena em que mostram ao negro fingindo rico, o que vai ser o espetáculo dessa noite. Entre as amostras dos números da revista, vem um negrinho espigado, muito elegante de forma, que dança um sapateado. Pois tem um momento em que pra dançar toda uma frase musical, ele bate com a ponta da mão esquerda no pé direito e vem subindo com o braço enquanto a frase musical se expõe, e quando ela acaba, o negro acabou de subir o braço no ar. Não tem um só elemento que se repita, e no entanto o gesto coreográfico dele é dum ritmo formidável, chega a ser maravilhoso. Aliás já Aristóteles, na "Retórica", afirmava ser conveniente que o discurso tivesse "ritmo, porém não tivesse metro, pra não se tornar poesia". É por isto mesmo que eu consigo explicar e justificar o verso-livre. Da mesma forma como o discurso é um interesse espiritual dominante, em que o sentido das palavras tem valor decisivo, que o metro como seus balanços entorpecentes disfarçava, também existem estados de poesia que por demasiado livres da consciência do sentido "subconsciente" das palavras, embora eu não goste de falar em subconsciente de que tem-se abusado tanto: essa espontaneidade para-lógica desses estados de poesia exige anão predeterminação métrica pra se valorizar esteticamente. E artisticamente também: adquirir toda a sua validade como assunto. Na verdade o verso-livre é tão organizado como o metrificado, embora seja um movimento livre interior, do poeta. E de fato, o verso-livre só pode ser concebido e aplicado, com a exacerbação individualista do século passado. Assim, eu entendo que verso é o elemento da linguagem oral que imita, organiza e transmite a dinâmica dum estado lírico. Falei "linguagem oral", porque existem mil e uma linguagens no homem. E em belas artes, arquitetura, música, pintura, coreografia, tudo são linguagens especiais. Mas já estou pensando melhor: o verso se definiria como o elemento da linguagem oral que transfigura esteticamente o movimento do estado lírico. Esta definição já me satisfaz. Porém, si em vez duma definição que encerre o conceito psicológico do verso, si preferir uma definição descritiva, mas que não implique a delimitação formal da métrica e da repetição, podia-se dizer que verso é o elemento de poesia que determina as pausas do movimento rítmico. Mas isso ainda não inclui bem o verso-livre, que seria arrítmico pelo conceito geral dos ritmólogos. Digamos: o verso é o elemento de poesia que determina as pausas de movimento da linguagem lírica. Ou: da expressão oral do estado poético, que fica melhor. Mas ainda se pode melhorar: verso é a entidade rítmica (ou, dinâmica) determinada pelas pausas dominantes da linguagem lírica. Ou, poética. Esta definição me satisfaz.

— Meu Deus! eu não estou entendendo nada!

— Meu caro amigo, você é um amor! (riu Sarah Light se erguendo. Hesitou:) eu tenho... Se dirigiu a uma pequena escrivaninha esquecida num canto, remexeu uma das gavetas e desenterrou um caderno já bastante amarelecido pela idade. Veio trazendo, era tarde pra esconder. Siomara olhava o caderno com um sorriso.

— Que caderno é esse, Sarah!...

— Este caderno foi de minha avó, Sarah Light, mentiu. Estava em branco e aproveitei nos meus estudos de mocinha. Por isso. Eu copiei aqui um escrito de Seurat, que me deram pra copiar no tal curso do Colégio des Oiseaux. O professor deu muitos exemplos dos estudos feitos nos laboratórios sobre esse dinamismo das comoções estéticas. De certas experiências se estabeleceram normas gerais que, principalmente nas artes plásticas, foram de bastante utilidade. Seurat sintetiza assim: "Arte é harmonia. A harmonia plástica se realiza pela analogia de contrários (isto é: contrastes), analogia de semelhantes (isto é: as gradações), e de tom, de coloração e de linha. De tom quer dizer de claro e escuro; de coloração, quer dizer as complementares: vermelho e sua complementar verde, o alaranjado com o azul, o amarelo com o roxo; e, enfim, de linha, isto é: as direções sobre a horizontal. Estas harmonias diversas são combinadas de forma a se tornarem calmas, alegres ou tristes (isto é: podem dar comoções estéticas de calma, de alegria ou tristeza). A alegria de tom é quando o tom dominante do claro-escuro é luminoso; de coloração é a dominante de cor quente; de linha são as direções ascendentes sobre a horizontal. A calma se dá pela igualdade de tons sombrios e claros, de cores quentes e frias, e da horizontalidade das direções lineares. A tristeza de tom é a dominante sombria; de coloração é a dominante fria; de linha, as direções descendentes..."

— Tudo isso hoje é, como se diz, canja, está universalmente provado e aceito, interrompeu a cantora despeitada. E nunca se poderá fazer coisa semelhante para a música: basta ver o problema intrincadíssimo da dissonância que si durante uns três séculos foi incontestavelmente o tom luminoso, a coloração quente, o valor ascendente do polifonismo e da harmonia, hoje não é nada disso mais, com a destruição do tonalismo harmônico. E o mais divertido é que se podia bem falar que si a consonância a bem dizer deixou de existir dentro do politonalismo e do atonalismo, pois que todos os acordes, melhor será dizer apenas: todos os conjuntos de sons simultâneos, contêm som exteriores ao acorde tonal e são dissonância: o dualismo permanece, tornando frio o conjunto que tem menos sons exteriores ao acorde tonal, e quantos mais sons dissonantes mais quente, mais luminoso, mais ascendentemente dinâmico o conjunto. Ora é o contrário que parece se dar. Os acordes de undécima, de décima-terceira, usados por Debussy e os impressionistas que o seguiram, fizeram justamente a música se tornar mais nebulosa, mais dinamicamente suave, mais sensorialmente indecisa. De maneira que os modernos pra tornarem a sua música mais clara, mais franca, e tirá-la do "fog" impressionista, não só abusaram dos ritmos batidos, como, com a negação da dissonância harmônica, na verdade se tornaram muito mais simplistas e até simplórios, harmonicamente, que um Debussy.

— Mas na pintura, implorou Sarah Light, decepcionada.

— Na pintura mesmo, Sarah, a coisa é mais sutil que essa exposição didática de Seurat. Portinari atinge por vezes certos azues que só por si, e não em relação ao conjunto, são valores positivamente quentes. Excitantes mesmo. Me lembro duma comerciante norte americana célebre que positivamente caiu... caiu no cio, diante dum retrato de Portinari em que, apesar do rosto quente, muito amorenado do homem, o artista conseguiu todo o efeito ardente pela dominante em contraste de dois azues muito diversos de coloração. "Ces bleus! ces bleus!" gritava a modista de rostos, excitadíssima. São azues positivamente quentes pela profundeza. E no entanto, repare: a profundeza psicológica na prosa ou na poesia, um Proust um Rilke, é muito mais fria, menos dinâmica, que o simplismo direto dos "heróis" românticos e clássicos. Um Werther, um herói de Manzoni, um Child Harold, sem serem mais possantes como personagens artísticos, nos dominam e iluminam nos "queimam" mais que a senhora de Guermantes. Mas si no caso do quadro de Portinari ainda se pode argumentar com a quantidade dominante de azul que toma todo o quadro quase, ainda há que discutir o dinamismo das linhas. Você coloque uma linha oblíqua em relação a uma horizontal. Si a oblíqua parte da horizontal na direita do papel e se afasta dela, nós todos sentiremos que essa linha "sobe". Si a oblíqua se une com a horizontal na esquerda do papel, sentimos que ela "desce". Mas isso será uma verdade pura, total, permanente, enfim cientificamente universal? isto é o que eu pergunto e nunca vi ninguém responder. Porque imagino que si as linhas nos parecem subir ou descer, isso é porque o nosso ato tradicional de visão, na leitura, se pratica da nossa esquerda para a direita. E de fato, a palavra "leitura" é bastante empregada na terminologia da plástica. Mas eu pergunto: E pra esses povos que têm uma escrita que vai da direita do corpo para a esquerda: será que eles têm a mesma sensação que nós, ou a oposta? Vocês fiquem com a cabeça imóvel e mexam só com os olhos: Reparem como descer com os olhos do alto pra baixo é bem mais difícil e sacudido que mover com eles de baixo pra cima. Da mesma forma, é facílimo, quase instintivo em nós, ocidentais, mover com os olhos da esquerda para a direita, ao passo que o contrário quase não conseguimos num movimento deslizado.

— Puxa! é verdade!

— Eu não sei si lá fizeram, pelo que eu li parece que não: mas deviam fazer pesquisas a respeito da sensação ascendente e descendente das oblíquas sobre a horizontel, não só nos povos que têm escrita em movimento contrário ao da nossa, mas com crianças de todos os povos, de dois, três anos, ainda não influenciadas não só pela leitura mas pela terminologia e exemplo dos pais.

Eu não estou negando o dinamismo da comoção estética, vejam bem! Porque seja ele instintivo, ou herdado, ou adquirido na prática da vida, ele não deixa de ser real. É fatal. Tão fatal como outras comoções de prazer e desprazer que sejam exclusivamente fisiológicas. Essas que Mario Pilo teve a tolice de considerar "belas" também, porque eram prazeres fisiológicos: o belo visceral, o belo muscular, o belo olfativo, como ele dizia. Não senhor! No belo, na comoção estética entra imprescindivelmente uma enorme colaboração do espírito, e de caráter específico, que é o que determina a "fatalidade" fisiológica da comoção estética mas ao mesmo tempo a sua "casualidade" psicológica. Parece contradição afirmar que a comoção estética é ao mesmo tempo fatal e casual, mas não é. Muitas vezes o espírito não a registra, apenas isso, por qualquer motivo psicológico mais forte que a comoção estética, como por exemplo o desastre de automóvel que fez Felix de Cima matar a mulher pobre, ou a falta de educação ou refinamento do espírito etc. Daí a diferença entre a comoção estética e outras comoções em que a colaboração do espírito é também muito grande como o amor, a saudade, a que falta porém o caráter fisiológico da imediateza. Falei em "amor" mas posso diminuir ele ao simples interesse sexual... São comoções mesmo o interesse sexual, que só se realizam quando me entrego a elas ou reajo contra. Ora eu não posso reagir contra a comoção estética, porque ela é livre e independente de mim.

Mas aqui é que a casualidade psicológica da comoção estética tem uma importância muito complexa. É comum essa afirmação de que um quadro numa parede por que passamos todos os dias, deixa de provocar em nós a mesma comoção que provocou da primeira vez. Não é verdade, exatamente. Nada existe pra nós sem a registração do espírito. Reparem: Paris. Paris até neste momento não existia para o nosso mundo espiritual de nós três, mas principiou existindo desque pronunciei a palavra. Porém daqui a pouco, quando estivermos falando noutra coisa, Paris deixará de existir de novo para a imagem do mundo que nós temos em nossa transitoriedade, até precisarmos espiritualmente dela outra vez. Ou atentarmos nela por qualquer motivo. Ora a comoção estética é como Paris: existe sempre, fatalmente, imediatamente e permanentemente, apesar de todos os nazis infames desse mundo, da Alemanha como do Brasil. Porém deixa psicologicamente de existir enquanto não pusermos reparo nela, e, então não nos será possível reagir contra. Ao passo que é possível reagir contra o amor, o ódio, e mesmo a excitação sexual, não só como afetos, mas como comoções. (Ah! perfil duro, perfil duro... Hoje, mesmo quanto te contemplo, parece impossível recobrar o passado a ressentir tanta ventura irrealizada que sofri... Mas... mudaria o Natal ou mudei eu?... Bom.) Assim a comoção estética não se embota nunca, embora possa se transformar quanto à qualidade.

— Porque o apuramento da inteligência, com a educação, a idade, a experiência, transformam não só o espírito mas as reações fisiológicas. Em criança, quando eu ia a pé para o colégio, era obrigada a atravessar o centro da cidade, eu era pobre... Mas parava sempre em tudo quanto era exposição de pintura. Uma feita, numa dessas, me engracei dominadoramente por um quadro do pintor Donato Bossi. Pois não pude, era menina ainda: fui perguntar o preço ao pintor, que também se engraçou pela minha adolescência gostando do quadro dele. Eram umas ninfeáceas roxas, numa água profunda, e com um tecido de arvoredo verde-negro no segundo plano. Hoje eu rio, mas como eu achava aquela água morta verdadeira... O quadro custava cinqüenta milréis, mas o pintor acabou deixando pelos quinze que eram toda a minha mesada... Depois, com o apuramento dos estudos, principiei tendo vergonha do quadro sem pintura que acabei dando não lembro a quem. Hoje, nem sei quanto pagava pra obter o quadro outra vez, só pra sonhar diante do meu primeiro passado de vida real... Mas já feita, no entanto, obtive um quadro de Anita Malfatti, o famoso "Homem Amarelo", que causou aquela briga danada na exposição que ela fez em São Paulo, em 1916*. Tenho ele no meu estúdio. Mas esse é pintura verdadeira, e si não o observo todos os dias e às vezes o olho sem ver, a sensação estética permanece e revive toda vez que contemplo o quadro ou penso nele.

Ora vocês estão vendo aqui formas importantes, algumas legítimas, outras ilegítimas, da oscilação de valor, até exclusivamente estético, das obras-de-arte. Está claro que um valor sentimental supervaloriza agora em mim as ninfeáceas de Donato Bossi, e me faria atualmente dar por esse quadro que não vale os quinze milréis que me custaram, talvez cinco contos! Só resta saber, dos dois valores meus, o sentimental que agora domina e o antiestético que a simples relembrança do quadro já causa em mim, qual dos dois seria mais forte, na presença do quadro e na forca da potencialidade emotiva dele.

Desses pesos que supervalorizam num dado momento uma obra-de-arte, o mais importante e pode-se dizer que legítimo é a moda. Com a falta de melodias gostosas nessa espécie de infecundidade melódica da música moderna, se deu uma vitória curiosa da melodia, que foi a moda Verdi que dominou, não só o público geral (que Verdi ainda continua

*. Mario de Andrade faz aqui uma confusão de data; a exposição realizou-se, na verdade, em 1917.

dominado sempre) mas os músicos eruditos, os críticos e os musicólogos. Mas eu creio que isso foi uma moda necessária, uma legítima "compensação", não apenas no sentido psicológico do termo, mas fisiológico. O corpo nosso precisava de melodia e como a música moderna não a podia dar com a necessária abundância, o gênio melódico maravilhoso de Verdi voltou à tona dentro da própria música erudita. E a mesma exigência de melodismo se manifestou no abuso da temática tirada do folclore, em músicos absolutamente granfinos e sem o menor interesse pela causa popular nem nacional. Porque si o trabalho erudito do folclore é perfeitamente explicável e louvável na obra de um Villa Lobos, dum Francisco Mignone, dum Pascal de Rogatis na Argentina, porque estes pertencem a escolas musicais que ainda não firmaram definitivamente a sua qualificação e caracteres nacionais, e se trata aqui de um fenômeno legitimamente de socialização dos artisitas; o mesmo não se dá com um judeu como Dario Milhaud, e o próprio Stravinsqui, e o próprio Ravel, que abusaram do folclore também. O caso destes não houve nenhuma socialização necessária do compositor culto, desejoso de funcionar dentro duma coletividade, mas pura granfinagem de fatigados, que tinham chegado ao impasse melódico da música atonal ou pluritonal. A "compensação" neles é perfeitamente explicável, mas não se pode defender dizendo que é legítima.

— Eu não sei si você terá razão... Eu adoro a música folclórica, me excita, me brutaliza, acho estupendo. Mas quando trabalhada por um compositor, entenda-se! Uma vez, passando de automóvel em Pirapora, escutei um batuque de negros, achei uma coisa horrível, que música idiota, que palavras vulgares! Mas o "Batuque" de Lorenzo Fernandez acho uma maravilha, assim como adoro reler os livros folclóricos de Leonardo Mota e Cornélio Pires, têm coisas engraçadíssimas.

— Pois é, Sarah Light... Eu compreendo que você goste da música do povo, mas... trabalhada, alimpada de sua força e da sua dor... Quando o povo canta "Fui passar na ponte — A ponte tremeu — Água tem veneno — Quem bebeu morreu" a gente acha bobagem e conclui que as frases não tem ligação. Ou apenas acha graça sem se comover com tudo o que existe de profundo, de queixa, de fraqueza, de aviso sombrio nessa quadra. E nos divertimos com entusiasmo vendo isso bem-educadamente transportado por um compositor num gordo coral a quatro vozes. Si Rainer Maria Rilke, bem dentro do estilo e da personalidade dele, escrevesse num poema "Oh roseira, murchaste a rosa", toda a gente ficava assombrada com a força sugestiva e dolorosa desses versos. Mas como isso é refrão dum coco nordestino, até folcloristas já ouvi falar que é parolagem boçal!...Por onde se vê que a comoção estética também depende de casualidades. ..legitimamente ilegítimas, não há dúvida.

Mas essa casualidade psicológica da comoção estética, é que faz a diferença de reconhecimento dela entre, por exemplo, um caipira analfabeto e um estudante de literatura. Aliás, está claro: cada um dos caracteres da comoção estética também é caráter de várias outras espécies de comoções. Não afirmei que eram exclusivos dela. Mas o grupo de caracteres fisiológicos e psicológicos que enumerei atrás é que, em seu conjunto, pertencem exclusivamente à comoção estética, são só dela e a substantivam. Mas ainda quanto à casualidade contraditória da sua fatalidade, vocês reparem na diferença entre um caipira analfabeto e um estudioso de literatura escutando um trecho de Shakespeare. Ambos têm a mesma comoção estética, como valor fisiológico. Quero dizer: ela age nos dois da mesma forma como valor impositivo da obra-de-arte, é fatal. Mas ao passo que o caipira viverá quase exclusivamente, ou exclusivamente o assunto, a comoção estética funcionando nele inconscientemente como uma força que impõe o assunto e vai decidir a verdade mental, moral do caipira; o estudioso refinado vai atentar quase que exclusivamente na comoção estética que tem, se desinteressando do assunto e não tirando dele nenhuma conclusão que lhe dirija a atitude, pouco importa si próxima ou permanente. E até que ponto isto não é uma deformação errônea da funcionalidade da obra-de-arte...

— Não concordo, minha amiga. A obra-de-arte deve sempre funcionar como arte pura! Os caipiras, os analfabetos não exercem as belas artes, é o que nos distingue deles. E, eu afirmo, a recompensa pelo nosso valor próprio, pelo sacrifício que fizemos pra conquistar a nossa posição. As belas artes, são um fenômeno de aprimoramento do espírito, de valor pessoal. As artes do povo nunca serão arte pura, mas artes interessadas. Meu avô saiu do povo... embora fosse de família tradicional. Porque os outros homens do povo não subiram com ele? Si eu hoje gozo Bach, gozo Miguelanjo e gozo da mesma forma esta casa que foi projetada por Oscar Niemeyer, isso é uma superioridade que eu conquistei, uma recompensa do meu esforço!

— Apoiados! quase gritou Felix de Cima, que enfim compreendia alguma coisa. Isso de falarem em classes, em luta de classes, é bobagem de gente despeitada, que só quer subir mas só vive no seu gabinete. Conhecessem a vida como eu! Tem gente que sobe e gente que não faz o menor esforço pra subir! Isso é que é! Não é classe. A gente trata bem deles, coitados, não tem tanta instituição de caridade por aí! Agora não estamos concluindo a Policlínica maior do mundo! Pobre e rico, grandes e pequenos, isso não é classe, é registro de valor.

Siomara Ponga estava abatida coitadinha, uns olhos saudosos, longe. Recomeçou fatigada:

— Eu também... Talvez toda a arte "erudita" seja um erro infamante dos donos-da-vida... Talvez seja um erro...Você diz que está lendo sociologia, Sarah Light. Talvez a arte erudita, com suas conseqüências de "belas artes", de "arte pura", seja um avanço indevido da "civilização" sobre a "cultura", no sentido sociológico dessas palavras. Não se trata de conceber como arte erudita a perfeição e mesmo o refinamento técnico. Isso ainda é artesanato. E é, "sensorial", note, o homem do povo a "recebe" da mesma forma que eu. Já a técnica individualista a bem dizer só conscientizada do Romantismo pra cá, o estilo pessoal, são sempre deformadores da funcionalidade da obra-de-arte. Fidias não teve, nem Palestrina. Nem o próprio Bach, nem o próprio Mozart, nem o próprio Miguelanjo, nem os renascentes italianos, que se distinguem muito mais por escolas, e cuja personalidade indiscutível era neles apenas uma fatalidade. Da mesma forma que é fatalidade o nacionalismo da arte folclórica, e dentro duma mesma região de cantadores populares, um deles afeiçoar mais tal verso-feito, tal motivo rítmico-melódico, e mesmo inventar coisas só dele. Mas observe a arte flamenga, sobretudo na pintura. Uma constituição de sociedade muito mais burguesa também torna esses pintores, mesmo dentro da mesma escola muito mais distinguíveis entre si, muito mais pessoais. A diferença entre um Rembrandt e um Teniers, entre um Franz Hals e um Rubens já são uma obra de vontade de especificação pessoal, ao passo que a diferença entre um Rafael e o próprio Miguelanjo, entre um Ticiano e um Veronese é muito mais uma fatalidade do indivíduo, que uma consciência do individualismo. O próprio Da Vinci, um teorista inveterado, um "personalista" se confundindo muito com os outros pintores anteriores e posteriores a ele da mesma escola donde ele saiu. Até que ponto a conscientização duma arte "erudita" é uma escamoteação monstruosa da verdade da arte, produzida pelos movimentos sociais, isso é que eu nem quero pensar...

Foi neste momento que o compositor Janjão e o estudante de Direito Pastor Fido assomaram à porta do jardim de inverno. E tanto a milionária Sarah Light, como a célebre virtuose Siomara Ponga e o politico Felix de Cima, subprefeito de Mentira, a simpática cidadinha da Alta Paulista, tiveram a mesma idéia. O tempo passara e eles muito entretidos naquele lero-lero estético. Não tinham combinado nada a respeito do compositor!

Capítulo IV

O Aperitivo

***Situação atual,* técnica e prática da música e do compositor brasileiros. O mundo oficial. O ensino. A crítica, sua desorientação, ignorância e comadrismo.**

Sarah Light que estava um bocado irritada com o atraso de Janjão, antes mesmo de esperar que este se dirigisse a ela e a saudasse, ostensivamente se ergueu e foi dar algum sinal na campainha escondida na parede. Só então deixou-se saudar , muito vaga. Janjão se voltou para apresentar o companheiro, mas o rapaz ficara esperando lá na porta.

— Venha cá, Pastor Fido.

— Quem é esse, falou claro Sarah Light, sem nenhuma surpresa porque já estava acostumada a tanta gente que vinha lhe filar as comidas.

— Sarah, lhe apresento o meu amigo, Pastor Fido, estudante de Direito.

— E passador de apólices da Companhia de Seguros A Infelicidade minha senhora. Mas verdadeiramente, como diz Machado de Assis eu sou a mocidade, eu sou a amor para... desculpe, ia dizer para "servi-la", mas como a senhora não precisa do meu amor, deponho aos vossos pés a minha adoração.

Era uma desenvoltura falsa que fazia o rapaz ser tão desastrado assim, num meio escoladíssimo, em que toda aquela parolagem não tinha a menor força. Só d'aí a pouco, quando a situação dele fosse aclarada e aceita por todos, Pastor Fido readquiriria a sua desenvoltura natural. Sarah Light fez uma careta pra significar que sorria, mas estava indignada. Indignada consigo mesma, entenda-se. A estupidez do moço não a apiedara um isto, mas aquela mocidade, aquela graça de corpo novo, sujo de saúde, a derrotou. Aproveitava as saudações de todos pra sentar com raciocínio, toda desnorteada em seu amor por Janjão. Não tinha mais vontade nenhuma de proteger esse idiota que em vez de se defender, lhe punha casa adentro a irresistível promessa dum romance de mãe. Felizmente o burro do político Felix de Cima não sabendo agüentar o silêncio que caíra, veio com uma besteira:

—Com que então, tenho muito prazer em conhecê-lo, meu caro compositor. A minha boa amiga já tinha me falado de você e farei o possível pra protegê-lo, vamos a ver.

Janjão ficou branco com a bofetada. Siomara quis se mexer mas não se mexeu. A milionária até sentiu vontade de chorar. Foi falando com uma calma que enganou fácil Janjão:

— Eu creio, Felix de Cima que você fará bem, você não! mas o Estado de Mentira em se utilizar de uma grande figura de artista nacional, mas (ia hesitar, mas mentiu com uma coragem masculina) nunca lhe falei que Janjão precisava da sua proteção.

— Então!... então eu não entendo nada!

— Entendeu tudo, meu amigo (irrompeu Sarah bem depressa), eu conheço a boa orientação que você imprime às artes de Mentira, e por isso quis lhe apresentar o nosso maior compositor.

— Nem todos são da mesma opinião...

Sarah voltou-se estupefacta. Enfim Siomara Ponga saíra do seu silêncio, e o fizera escolhidamente com aquela frase dúbia, que ninguém sabia bem si atacava a orientação do político ou o valor do músico. Janjão sentiu um frio na barriga, porque tinha consciência da força intelectual da virtuose. E por causa disso mesmo antipatizava com ela, reconhecendo num íntimo jamais confessado que mesmo em música ela sabia muita coisa que ele, por desleixo, e também por miséria, não se devotara em saber. Siomara, sempre imóvel, não conseguia tirar os olhos dos pés de Janjão. O compositor seguiu-lhe os olhos e percebeu que estava com os pés sujíssimos de poeira, ah meu Deus! ele jamais conseguira organizar direito aquele montão de ossos que era, andava espalhado, e a caminhada lhe deixara os sapatos naquela indelicadeza. Ficou morto de vergonha. Mas a virtuose foi a primeira coisa que vira. Era fria Siomara Ponga. Era higiênica por demais. Porque era fria. Estava tão bem disposta a respeito de Janjão, mas aqueles pés sujos a repugnaram e ficara antipatizando além do humano com ele. Todos lhe tinham seguido os olhos, era natural. Felix de Cima não se importou, mas Sarah Light sentiu um gosto de sacrifício olhando aqueles pés sujos do homem. Pôs-se a amar com fragor. A frase da cantora era mesmo contra Janjão, mas Pastor Fido que enfim voltava à sua naturalidade tropeçou no Governo:

— A senhora tem razão, eu também não acho que o Estado esteja bem orientado nessa história de proteger, aliás, o que eu quero saber é no quê ele está bem orientado nesta Terra!

— Em muita coisa, rapaz! berrou Felix de Cima odiando o pirralho. Quisera garantir que o Governo estava bem orientado "em tudo", mas sem saber porque, não garantiu, preferiu o "muita coisa".

— Mas eu não falei do Governo...

— Falou!

— Não falei!

— Mas será que vocês vão brigar na minha casa! disse Sarah Light, satisfeita. Pastor Fido a vingava da inconveniência da outra. Lhe deu uma vontade imensa de alisar os cabelos do moço. Mas este não percebia nada e ela se voltou pra Janjão desiludida:

— Janjão você está incomodado atoa com a poeira dos seus pés. Vá lá dentro, peça ao Lino que lhe passe um pano nos sapatos. Você sabe o caminho.

Era mentira dela só pra dar a perceber que Janjão lhe conhecia a intimidade do lar. Janjão pediu licença e foi, aproveitando a caminhada, ficara tão desanimado, pra ver si as unhas estavam limpas. Estavam sim, disso ele não esquecera naquela manhã cuidadosa. Mas Siomara comentava implacável:

— Você fez bem, Sarah em mandá-lo limpar os sapatos, eu já não conseguia me vencer. O que eu louvo é sua habilidade, com tanta delicadeza pondo na consciência de Janjão que andar com pé sujo é falta de educação. Você é extraordinária Sarah (Estava surpresa consigo mesma em louvar Sarah Light mas o elogio viera irresistível. Sentia agora uma vontade de agradar a milionária, não sabia porque. Mas a raiva por Janjão continuava). Eu não posso compreender essa estranha faculdade de esquecimento de si mesmo, que faz tanta gente viver sem desespero na familiaridade do horroroso. Na Dinamarca, só vendo! toda a gente anda limpa, tudo é arranjadinho com bom gosto, mesmo na casa dos camponeses mais baixos.

— Os camponeses não são baixos!

— Não, Pastor Fido! eu quis dizer. ..É como toda a gente fala!

— Eu sei, mas fala mal. A senhora que é bem bonita devia ter bastante sensibilidade de inteligência pra inventar outro modo de dizer.

— Mas afinal menino, o que você veio fazer aqui?

— Isso não é da sua conta, eu só dou satisfação à dona da casa.

Mas falava simples, boca risonha, olhos de espelho, voz tão sensível de sinceridade, e ainda mais a beleza irradiante da juventude, era impossível detestar o Pastor Fido. Siomara sentiu que toda a raiva dela se diluía numa humilhação sem dor. Sarah sorria maternal. Felix de Cima estava imaginando que se tratava dum rapaz muito aproveitável. Talvez ele conseguisse que qualquer Fundação norte-americana desse uma bolsa pro moço ir se educar nos Estados Unidos. Voltaria com outra visão do mundo, menos socialista, que era o que o estragava. A verdade política estava na democracia de Wall-Street. Ficou indeciso... Era tão ignorante que não se lembrava direito si a câmara dos deputados de lá se chamava Wall Street ou Grand Canyon.

Os dois criados chegavam com o aperitivo e Janjão. Sarah Light avisou logo:

— Siomara Ponga o escuro é Porto. Você deve detestar as bebidas mais fortes e o branco é o "cocktail" Verde e Amarelo.

Felix de Cima, fingindo distração ia se apossando dum Porto também, mas a milionária desapontada esclareceu que mandara fazer o "cocktail" porque teriam alguns pratos fortes do Brasil. O político suspirando, cumpriu o desejo da milionária. Provou com paciência mas logo a cara dele se iluminou toda.

— Você falou que era "cocktail", isto é uma legítima batida paulista! Caninha... deixa eu ver... (provou outra vez) não é feita de cana, é feita de caninha mesmo, em alambique de barro, fabricação particular. Disso, com o progresso não fazem mais lá no Brasil. Confesso: eu detesto os "cocktails", é uma das maiores provas da decadência do gosto do paladar . Prova maior só mesmo a carne do zebu do guzerá e outros interesses anglo-argentinos de piorarem por um século os rebanhos do Brasil. Mas o "cocktail" também é uma imoralidade, Sarah! Os álcoois perdem qualquer dignidade na mistura.

— A batida também é uma mistura.

— É, não tem dúvida... Mas a batida paulista, homem, pelo menos é um vício. As outras com maracujá, com não sei o que mais, são dum cafajestismo indecente. O limão pelo menos disfarça o cheiro fatigante da caninha, e não se mistura com ele. E como não tem o adocicado de outras frutas, do abacaxi, da manga, consente um pouco de açúcar verdadeiro. Mas um pouco só, como nesta batida. O perigo da batida paulista é exigir sempre estar geladíssima, praquê você não lança a moda, Sarah? Deviam servir a batida como quem serve "cocktail" de ostras, dentro dum monte de gelo picado. Mas sustento: a batida sofre do mesmo defeito dos "coktails", é falcatrua do gosto, uma mistura que tira a dignidade do álcool.

— Mas também a gente come tudo em mistura e não tira a dignidade da carne.

— Não diga tolice, meu filho. As carnes são irracionais, ao passo que os vinhos e os licores são uma criação artificial do homem. E tão sublime como o seu Camões, fique sabendo. Carne e vegetal qualquer bicho come, mas o homem prepara, condimenta e combina, pra fazer o prato, o Prato, está entendendo bem! que é um atingimento tão sublime como esse Bach que você gosta.

— Eu não falei que gosto de Bach.

— Você não gosta de Bach! interveio Sarah assombrada. Mas Pastor Fido deu de ombros, meio com remorso. De Bach ele gostava sim, não sabia bem porque, mas gostava. Respondeu:

— Do que eu não gosto mesmo é de Mozart. Quando ele entra com aquela cantoria que está sempre acabando, até parece o Vicente Celestino. Isso: Mozart é o Vicente Celestino do Século Dezoito.

Janjão caiu na risada, gostando muito da tolice do amigo. Ele sabia que a caçoada havia de ferir Siomara Ponga, mozartiana irredutível. A cantora se mexeu no lugar, mas preferiu não responder. Olhou Janjão com ódio. Sarah Light se sentiu desarvorada naquele ambiente em que havia dois sabidos de música. O esnobismo dela, controlado pela habilidade israelita da inteligência não soube o que dizer. Mas Felix de Cima se ergueu pra melhor dogmatizar. Era político, mas coragem ele tinha, pegaria em armas si fosse preciso sem nenhum medo de morrer. Aquele jeito de tratarem Mozart, Bach gênios respeitados!... Então como é que esses levianos haviam de tratar Deus, Pátria, Família e o Governo! Garantiu:

— Mozart é um gênio, respeitem!

Janjão tomou partido pelo moço:

— Mozart pode ser gênio, si quiser, mas nada impede que o preconceito da genialidade que torna intocáveis tantos mestres do passado, seja o pior totalitarismo que corroe as artes. Ou o senhor nega o direito de crítica?

— Não nego coisa nenhuma, e é por isso que o nosso Governo aceita uma câmara de deputados.

— Mas tem o GELO (Grupo Escolar da Liberdade de Opinião).

— E faz muito bem, ora essa!

A milionária veio em socorro do político:

— Mas vocês dois não negam que um governo precisa coibir essa mania de atacar que todo o mundo tem. Quem está por baixo ataca sempre.

— E quem está por cima não quer ser atacado.

— Mas é a própria crítica, são os livros, são os nossos jornais, que afirmam que Bach e Mozart são gênios!

— Esse é um dos principais defeitos da crítica universal, e da crítica de Mentira em particular: o preconceito da grandeza dos gênios, obrigando a gostar de tudo o que eles fizeram, e a tradição deixou. Toda a crítica devia se impor, de geração em geração, uma revisão de valores.

— A crítica de Mentira! casquinou Siomara Ponga, que enfim se achava de acordo com Janjão, apesar da antipatia que estava sentindo por ele.

— Mas você é tão elogiada pela nossa crítica, Siomara! do que você se queixa!

— Da ignorância, da burrice, Sarah Light. Me elogiam e eu sou grata aos elogios, mas não me entendem. Não sabem nada de escola de canto, de emissão vocal... Às vezes executo uma coisa dificílima que levei anos pra conseguir , ninguém percebe. E o pior é que em Mentira já a crítica passou daquele período do comadrismo dos jornais, em que era sempre obrigada a elogiar, falando na beleza do recital, no público numeroso e ir correndo saber da cantora quais as peças que executara fora do programa, pra botar no jornal. Agora não, é crítica profissional, assinada, mas o descalabro continua o mesmo. Com a pretensão a mais. O comadrismo continua o mesmo. E uma falsa aparência de imparcialidade, faz os críticos tanto me elogiarem a mim como a essas virtuoses péssimas que aparecem por aí sem saber sequer o que é empostação, não têm estilo e cantam Schubert e Fauré da mesma maneira. Mas justamente esse é o maior disfarce dos críticos: já aprenderam toda a terminologia da crítica que decoraram nas revistas européias, e é um Deus nos acuda. Quem lê, fica respeitando esses críticos, falam em estilo, fazem questão de procurar no dicionário musical, pouco antes do concerto, a época de Caldara, se enchem de frases-feitas da crítica musical, empostação, emissão. Mas é tudo um jogo de palavras, um carnaval de palavreado técnico pra tapear. Às vezes depois de um concerto de certas cantoras que aparecem por aí, chego a ficar alucinada, porque o que a crítica disse não tem nada com as tolices que ela fez.

— Ainda se fosse só no canto... E nós, os desgraçados dos compositores! os regentes! Às vezes uma tuba erra a entrada, mas o crítico não percebeu coisa nenhuma e vem criticando a gente porque não estava no estilo. E então as obras novas! Não sabem nada de técnica, falsificam tudo porque não podem analisar nada. Como é que um indivíduo desses tem o descoco de dizer que uma obra é defeituosa, si ignoram a tessitura de um violino, si são incapazes de analisar um acorde!

— Não, nisso você não tem razão nenhuma, Janjão! Falou o Pastor Fido indignado. É estranho, na conversa que tivemos no parque você estava tão bem orientado, mas agora vejo que você é como os outros.

— Como os outros, dobre a língua!

— Quase tanto como os outros. Você, como a infinita maioria dos artistas do nosso tempo, incapazes de resolverem com coragem os seus problemas morais de artistas, vocês se refugiaram na técnica. O *slogan* da "arte pela arte" já passou pra vocês todos, e isso mesmo por influência benéfica da crítica, mas sem ser mais pronunciado, na verdade ele persevera nessa fuga para a "técnica pela técnica", que é um esteticismo tão granfino como qualquer outro. Pra vocês, você e Siomara Ponga, compositores e virtuoses, e pintores, e arquitetos e tutti quanti, crítica boa é a que fala na sutileza dum corno inglês bem empregado e na mirífica delicadeza dum acorde que não sei como se chama. Técnica, técnica, só técnica! Si vocês exigem uma crítica técnica em vez de uma crítica boa, é por ignorância ou esquecimento do que seja a música integral, a Arte enfim. Crítica não é apontar as quintas, como bem caçoava Schumann. Mas mesmo por vocês, si o crítico descobre que na orquestra uma trompa falsificou um ré, então o crítico é respeitado...

Eu não estou querendo defender a crítica de Mentira não, que também acho infecta. Mas é infecta principalmente pelas idiotices que Siomara Ponga apontou: o comadrismo; a falta de discernimento no elogio que tanto saúda um regente péssimo e improvisado como um que aprendeu a regência e é um profissional; e o ataque soez quando se trata de briguinhas de grupos contrários, de que o crítico participa. E também essa detestável aparência de conhecimento profissional, manifestado pelo abuso da terminologia técnica. Mas também imaginar que crítica boa é a crítica técnica, é uma tolice. Na verdade a técnica deixa de existir, assim que a obra-de-arte é completa e principia funcionando como arte.

E si os valores, as qualidades, os defeitos técnicos duma obra podem ser estudados pelo crítico, é devido exclusivamente à complexidade da crítica, que além de orientar o público e lhe auxiliar a compreensão da obra-de-arte, também é uma espécie de pedagogia dos artistas os tornando mais conscientes dos seus valores construtivos e suas deficiências. Mas na verdade, a crítica só entende com a funcionalidade artística da obra-de-arte, e nisso a técnica deixa de existir. Mas si já um pouco na crítica das artes plásticas e regularmente na crítica literária, se percebe algum progresso nos escritores de Mentira, e já reina um espírito universitário, um espírito humanístico que busca situar a obra-de-arte no seu tempo e em si mesma, na música é um descalabro. Aliás essa mesma ignorância do espírito mais universal, mais humanístico, que estuda filosoficamente a obra e um artista, também existe em vocês artistas. Podem falar mas o que vocês querem mesmo, vocês todos, a infinita maioria dos músicos é o comadrismo da crítica. Porque quando esta avança mais, não só vocês sabem que são culpados, como ficam atônitos com observações psicológicas, verificações sociológicas que não entendem e em que jamais pensaram. E então ficam imaginando que o crítico não gostou! Só porque em vez do elogio na batata, ele estudou.

— Eu não entendo disso que você está falando, rapaz, mas acho a nossa crítica muito boa. No jornal do Governo, a crítica musical é feita por um moço muito distinto que estudou na Europa. Até é estrangeiro de nascença e eu sou contra os estrangeiros que vêm nos ensinar. Mentira tem tudo e não precisa de estrangeiros. Nós precisamos nacionalizar Mentira, como estão fazendo no Brasil e na Argentina, esses é que estão bem orientados.

— Isso de ser estrangeiro ou nacional não tem importância, interrompeu Sarah Light despeitada. O que me horroriza é o tom desabusado com que falam.

— Isso mesmo que eu ia falar, interrompeu Siomara Ponga calorosamente, satisfeita de apoiar a milionária. O que mais me dá nojo na crítica nacional é o cafajestismo do tratamento. Um jeito desabusado, que faz tratar os artistas por "o Anatole", "O João Sebastião". Não existe Anatole, é Anatole France! Aos críticos nacionais quase todos falta aquele respeito natural pelo... já não digo pelo artista, mas pelo homem, rebaixando tudo a expressões familiares. No Brasil é a mesma coisa. Ou então reagem, mas empolando tudo e o cafajestismo fica o mesmo. E então vêm falando, no "sr. Manuel Bandeira", quando a gente está sabendo muito bem que na convivência, conhecem muito o poeta e o tratam por você. Na França eu sei, distinguem os artistas mortos dos vivos, tratando estes por "sr. Fulano". Mas não me parece possível sistematizar isso na língua nacional, tão variada e sem fixidez nos termos de tratamento das pessoas. Como fazer não sei, mas sei que tudo isso demonstra muito bem o nosso cafajestismo ingênito, que nenhuma educação tradicional ainda destruiu.

— Pois eu sei. A minha tendência é para o jornalismo, e algum dia ainda hei-de fazer crítica profissional, essa a minha intenção. É muito fácil: o processo francês eu acho também inaceitável pra nós, a nossa língua é muito nuançada e sintaxicamente livre pra aceitar semelhantes leis fixas. Mas por causa mesmo desse nuançado, as vozes de tratamento podem se organizar num elemento de peso, de qualificação do artista de que a gente trata. É como eu hei-de fazer. Em vez de distinguir os mortos dos vivos, prefiro distinguir os vivos entre si. Quando eu fizer crítica, eu só-hei de empregar o "senhor" como valor de afastamento, ou de inferioridade do artista. Não é possível tratar um Manuel Bandeira que o Brasil todo conhece, seja pra admirar, seja pra não gostar, por "o sr. Manuel Bandeira". Já porém si se trata de um artista novo, ao qual ainda não demos a nossa familiaridade espiritual, então eu digo "o sr. Fulano". E nunca tratar ninguém pelo nome de batismo, isso é de fato muito cafajeste, reconheço. Ainda tratar pelo nome de família vá lá. Muitas vezes o nome todo entorpece o ritmo da frase, e muitas vezes repetido, encomprida o tamanho do escrito inutilmente. Mas também acho impossível principiar um artigo dizendo: "Bandeira acaba de publicar mais um volume de versos". A primeira vez que o nome aparece, tem de ser por inteiro, não tanto pra ensinar os que por acaso ainda não saibam, mas como sinal de respeito pela integridade do nome. Pela dignidade do nome, como diria a nossa amizade Felix de Cima.

— Eu não sei, tratem como quiserem, isso não me incomoda, o que eu exijo é que respeitem os clássicos.

— Eu também, confirmou a milionária convicta.

— Eu também, deblaterou a virtuose, novamente voltada contra Janjão. Acho um desaforo isso de tratarem Mozart assim como si fosse um... um compositor vivo qualquer. Mozart é um gênio.

— Apesar das cadências...

— Apesar das cadências, pois não! Pois si era assim no tempo dele! Vocês falam em peso, peso... Ainda pertence ao cafajestismo nacional essa familiaridade desabusada que trata os valores verdadeiros como um açougueiro trata os pedaços de carne. A noção do respeito faz parte da própria dignidade do crítico.

— A noção do respeito faz parte da própria dignidade do crítico, não há dúvida. Mas atacar, reconhecer defeitos, não é desrespeito. — É.

— A senhora, com esse excesso de noção de respeito, o que não quer é ser atacada, e pra isso se serve de Mozart.

A célebre virtuose quis responder, olhou com um desprezo destruidor o estudante, mas preferiu arranjar o vestido, um pouco repuxado no mexe-mexe da conversa.

Ficou triunfal. O moço percebeu toda aquela triunfalidade deslumbrante da beleza, mas não se incomodou. O instinto mais que a experiência o fazia pender pra Sarah Light, embora menos bonita e mais velha. Continuou implacável.

— Eu não sei porque certas pessoas bem assentadas na vida, dão pra exigir o respeito a exigência vital. O que vocês não querem é ser descritos pela gente, porque não convém que o povo se esclareça (Voltou-se pra Sarah Light, com olhos tão infelizes, que eram uma verdadeira declaração de desejo): Não acha mesmo, dona Sarah?

A milionária não achava, quem tinha razão era Siomara, mas não teve o que responder.

— Não me trate por "dona Sarah", é horrível. Mas você é muito novo ainda, Pastor Fido.

E o moço corou muito, envergonhado com a recusa.

O compositor Janjão, ia percebendo afinal que fizera uma asneira grande em ter trazido ao almoço o estudante Pastor

Fido, cuja mocidade quase indecente de corpo e espírito estava acaparando todos os entusiasmos da milionária. Não pretendeu reagir porque gostava do moço. E mesmo, confessemos: sentia um bocado de vaidade insuspeita da sua desgraça de músico pobre e mal reconhecido em seu valor.

Si Sarah Light lhe escapasse ele havia sempre de tirar alguma felicidade de mais essa infelicidade. Mas reagiu sem querer, cultivando o sentimento dos presentes como é também o costume nacional dos brasileiros. Era infeliz, isso não há dúvida, mas naquele momento, sem querer, "bancou" o infeliz. Retomou o assunto, pra se expor:

— Mas o pior neste nosso país de Mentira não é a enorme deficiência da crítica musical que não orienta nada nem sabe discernir; o pior é o ensino que também se demonstra incapaz de orientar e discernir...

Felix de Cima se viu obrigado a pular em defesa de Mentira:

— Mas como você tem coragem de dizer isso! Mentira está cheia de professores particulares, cheia de conservatórios, e tem o famoso Conservatório Nacional, sustentado pelo Governo! ora bolas! E você ainda quer mais!

— Não quero mais, até quero menos. Mas certo, mas bem. O que existe é quase tudo péssimo. O Conservatório Nacional não se consegue melhorar por causa dos canastrões que tem lá dentro. Não há dúvida que fizeram uma Reforma, publicada no "Diário Oficial", que em muitas partes era excelente, mas quase que ficou nessa publicação oficial. Os professores, grudados nos seus lugares, convertidos a empregados públicos vitalícios não têm o menor incentivo. E vão envelhecendo. Muitos deles até podem ter sido professores bons em moços, mas os tempos mudaram e eles não mudaram com os tempos. Hoje são ruínas tombadas, em que ninguém pode mexer, protegidos por leis defeituosas, protegidos pelos amigos da mocidade hoje bem colocados na sociedade, políticos, militares, milionários. Ficaram ruínas intangíveis. E ensinam ruína. Baluartes irremovíveis contra a evolução da sensibilidade musical. Alguns até são anjos de inocência, satisfeitos com o lugarzinho que arranjaram pra descansar na velhice. Nem sabem que a música existe e continua vivendo e evoluindo: ensinam o que aprenderam, sem a menor inquietação. Basta olhar uma sala de concerto. Do milheiro de professores existentes em Mentira talvez apenas uns dez, e na maioria estrangeiros freqüentam sistematicamente as manifestações musicais da cidade. Talvez uns vinte vão aos recitais dos instrumentos que ensinam. Porque ninguém estuda ou gosta de música neste país, estudam é um instrumento e só gostam dele. Mas o restante do milheiro nunca aparece em concerto nenhum. Siomara Ponga que diga si não é verdade.

— É verdade, Felix de Cima. E demais a mais, vocês fizeram passar essa lei detestável que não permite professores estrangeiros no Conservatório Nacional. Com isso não há possibilidade de nenhuma melhora no ensino, porque nisto é preciso convir que nós não temos tradições pedagógicas nenhumas. E si temos são péssimas.

— Você não tem razão nenhuma, nós não carecemos de estrangeiros! E a lei protetora dos professores nacionais há de passar da música também para a Faculdade de Filosofia. Nós carecemos de nacionalizar a nossa Universidade!

— "Nacionalizar" é uma coisa, só aceitar professores nacionais, já deformados pelas nossas tradições de ensino, é um crime. Os nossos professores assistentes brasileiros, nas faculdades, algumas vezes já são excelentes. Mas são excelentes justo porque aprenderam com professores estrangeiros e já estão munidos de melhores sistemas e visão mais larga. O problema da nacionalização do nosso ensino ainda por algum tempo, por bastante tempo talvez, terá que se resolver com o auxílio dos professores estrangeiros. Mas não só norte-americanos.

— Então os professores norte-americanos são ruins! murmurou a milionária, ferida naquele meigo patriotismo irredutível que faz a gente amar pra sempre a terra em que nasceu.

— Alguns são excelentes, Sarah. E também são perigosos, porque há professores excelentes e professores perigosos em todas as grandes culturas do mundo. Nisso é que está o busilis. Quando eu falei que a nacionalização do nosso ensino ainda carece do "auxílio" de professores estrangeiros, foi justamente pensando nisso. Não há dúvida, seria tapar o sol com a peneira, não há dúvida que a cultura européia está perigando tanto em Mentira como no Brasil. Sobretudo a latina. E sobretudo a francesa. Ainda a última vez que dei um recital em São Paulo, estive conversando com o meu amigo, o professor De Chiara o qual me contou que censurando um filho por tomar bomba em francês no ginásio, o menino se voltou pra ele, meio irritado e se arrepiou: "Mas papai, o francês é uma língua morta". O professor De Chiara aliás estava estomagadíssimo, porque toda a cultura deles quase que se fizera só em francês...

O estudante não se conteve mais:

— Nós somos um terreno de luta, não só comercial, mas cultural para as nações de primeira grandeza. E com a guerra, com a derrota da França, a América do Norte aproveitou a ocasião, pra ver si nos dominava culturalmente também. Empregou métodos excelentes, e hábeis quase todos, e não há dúvida que a cultura latina, especialmente a francesa está periclitando aqui. É um bem? É um mal. Nós não somos "latinos" eu sei. Mas também não somos norte-americanos. Nossa cultura nacional ainda é demasiado frágil pra não sofrer conseqüências funestíssimas si se ianquizar. É engraçado: há culturas cuja influência é perigosa, e outras não. Por exemplo, eu acho a cultura espanhola muito perigosa pra nós, porque desvirtua os caracteres mais sutilmente íntimos da língua nacional. Toda influência cultural enche uma língua de estrangeirismos, não há dúvida. Mas é curioso como um galicismo, um anglicismo, um germanismo não deturpam a sensibilidade psicológica da nossa sintaxe. Talvez por virem de linguagens distantes demais da nacional. Mas os italianismos e sobretudo os espanholismos, por isso mesmo que muito mais sutis, muito menos "visíveis", têm o dom terrível de deturpar as essências íntimas da nossa linguagem. Hoje eu estou convencido de que a influência francesa é a mais benéfica, mais fecunda pra nós. Aqui em Mentira ainda os exemplos são pouco convincentes porque somos um país inventado por Mario de Andrade, mas vocês observem o nosso prezado vizinho, o Brasil. A bem dizer, durante uns oitenta anos o Brasil viveu sob a influência francesa, que mal fez? Nenhum. A bem dizer nenhum, porque os raros escritores brasileiros que se afrancesaram eram nulos de nascença, e isso é irremediável. Mas a influência francesa, com a sua liberdade conselheira, teve o dom de equilibrar o entusiasmo excessivo dos brasileiros, o gosto da brilhação falsa, a desimportância aventureira com que os nativos do Brasil se desinteressam pelo cultivo técnico. É verdade que isso prejudicou muito os brasileiros, no desenvolvimento da língua nacional deles, porque a exigência de cultura lingüística não podendo se fazer pelo francês, levou os brasileiros à mania ridícula de macaquear as regras da gramática portuguesa, destruindo totalmente a naturalidade psicológica da expressão, que os românticos já tinham realizado de maneira notável. Mas a nacionalização da linguagem voltará fatalmente, apesar de toda a covardia e preguiça dos escritores, que preferem obedecer servilmente a uma gramática, a "pensar" gramática. Me perdi! Ah, eu estava falando que precisamos do "auxílio" dos professores estrangeiros pra nacionalizar nossa cultura. Mas auxílio não quer dizer direção. A direção, o controle tem de ser nosso. Exatamente pra saber escolher professores realmente bons, na França, na Itália, na Alemanha, na América do Norte, como pra compreender que nesta excelência, deve estar incluída a dedicação pela coisa nacional. Haja visto o papel admirável que realizou o professor Roger Bastide, em S. Paulo. Eis um professor que além de saber como outros, soube a mais, e como só alguns muito raros, sem desistir de coisa nenhuma, nem de sua cultura particular nem de sua pátria, se dedicar à coisa brasileira, com inteligência moralíssima do seu papel.

— É isso que eu estava pensando, quando o Sr. Felix de Cima redarguiu que temos ótimos professores particulares de música em Mentira. Alguns de piano, alguns regentes temos, não há dúvida. Mas, em música particularmente, eles têm se demonstrado incapazes de nacionalizar coisa nenhuma... A maioria desses professores são italianos que vêm no enxurro das companhias líricas, e cujo único propósito é fazer América. Esses são péssimos em todos os sentidos, professores improvisados, sem a menor compreensão pedagógica, tão ruins que são melhores, porque não chegam a fazer mal não estrangeirizam coisa nenhuma. É pândego: os mais perigosos são justamente os professores sem pátria, os israelitas. Nunca fui contra os judeus, Deus me livre! mas não sei si é por virem duma cultura muito irredutível, pois são quase todos das partes centrais da Europa, e quando não germânicos de terra de nascença, são profundamente germanizados. E a cultura musical germânica é quadrada por demais profundamente estúpida — os compositores alemães são os mais burros do mundo só Haendel e Beethoven escapam disso! Gênios incontestáveis muito deles, mas com uma falta de sensibilidade intelectual assombrosa. Irredutíveis. E é por isso que a música alemã está cheia de Bruckners, Jadassohns, de Mahlers, formidáveis técnicos da música e da estupidez humana. Os professores musicalmente germanizados sofrem dessa mesma lei. Não têm a menor capacidade pra entender a música dos outros países, e muito menos a difícil rítmica nacional. Tocam quadrado. Tocam burramente, com uma estupidez que chega ao angélico. Eu sei que essa gente não gosta da música nacional, e pensa que tem razão. Mas gostam não só de Bach, de Mozart, de Scarlatti, gênios incontestáveis mas também do bagaço vil, do rebotalho infamérrimo da música européia. É sublime: discernem a banalidade dum Puccini, e gritam contra quem gosta da admirável "Boêmia". E no entanto se ba-

bam de gozo diante da banalidade dum Korngold, dum Kaminski, dum Braunfels (E Janjão não se conteve, mais sofreu nosso tio Judas!). A isso está reduzido o ensino musical em nosso país. Tenha paciência, seu Felix. O Conservatório Nacional é um lazareto de nacionais antidiluvianos; os professores estrangeiros são técnicos bons às vezes, mas incapazes de compreender os problemas nacionais. Por preguiça, por desinteresse, por deficiência intelectual. E o que faz o Governo diante disso tudo?

— O Governo meu senhor, mantém orquestra, uma grande orquestra...

— Mas não cria uma escola de regência, se desinteressa dos regentes brasileiros, acolhe um bom e um péssimo regente estrangeiro da mesma maneira.

— O Governo é que construiu o lindo prédio do Conservatório Nacional.

— Um túmulo de mármore sobre um cadáver fedido.

— Arre, Janjão, que comparação grosseira!

— Desculpe, Sarah Light, sou um idiota.

— Não exagere... suspirou Siomara Ponga sorrindo.

— Dos idiotas é o reino puro dos céus, retrucou Janjão agressivo.

Sarah Light principiava se incomodando, aquele banquete mais parecia um campo de batalha. Lhe desgostava que Janjão atacasse tanto o Governo. Felix de Cima jurava por dentro que jamais faria nada pelo compositor. Siomara Ponga, no íntimo triunfava. Não sabia exatamente porque, mas se sentia triunfante e calma. Fria, fria. Sem a menor piedade ao menos, pelo tonto do Janjão. Mas naquele momento, apenas naquele momento de ardor, o moço Pastor Fido seria capaz de morrer por Janjão. De resto naquele meio, era ele o único que ainda possuía a capacidade de morrer. E com seus olhos de luz, mirando com adoração o compositor, o moço afirmou extasiado:

— Nada impede, nada prejudica os gênios... E apesar das péssimas condições musicais desta nossa elogiada cidade de

Mentira, se vê nascer e produzir aqui um grande músico, um dos maiores músicos da atualidade! como você, Janjão!

— Eu não sou gênio, deixa de ser besta! retrucou o compositor irritado, sem a menor compreensão pelo entusiasmo do moço. Si eu fosse gênio, si eu me sentisse naquela consciência de reconhecer que era gênio, como um Dante, como um Beethoven, eu... eu me deixava compor, garantido na consagração do futuro, sem me amolar com os problemas exteriores da funcionalidade da arte.

— Mas Beethoven se dedicou pelos homens e pelos problemas do tempo dele.

— Se dedicou, Siomara, eu sei. Mas jamais teve que perturbar a liberdade de criação com problemas técnicos de nacionalizar a música dele, para estar mais próximo do meio em que vivia e representá-lo. E mesmo os problemas sociais em que se meteu não eram de combate, e lhe permitiram evitar a transitoriedade da arte de circunstância. E o dia em que se meteu nesta, com a Sinfonia de Wellington, fracassou totalmente. Quem mais toca esse aborto!... E Beethoven tinha toda uma tradição musical de séculos por detrás... É dolorido, vocês não queiram saber: compor no vago, tentar no vago, se defender no vago, estudar no vago como eu faço e fiz, e depois se ver na frente duma obra-de-arte que a gente mesmo criou, que se adora, se ama porque é toda a nossa vida, e que no entanto a gente não sabe o que é, porque os elementos dela são incontroláveis, sem o exemplo comparativo de quaisquer passados.

— De maneira que o seu instinto de criar é mesmo um instinto de perpetuação... O que você só vê na sua obra-de-arte, é o seu nome gravado eternamente nas... "páginas de bronze", não é assim que se diz? nas páginas de bronze da História da Música!

— Pode falar, Siomara Ponga, pode falar... Mas você sabe que no íntimo não é isso não. A infelicidade ainda é maior. O que a gente ama, eu pelo menos, é a obra-de-arte mesmo. Mas você já viu criador que não procure dar à sua criatura, todos os elementos com que ela possa vencer a vida sozinha? É também isto que faz tantos criadores se esquecerem que esses elementos de vitória têm de ser sempre elementos de força e dignidade., não deles, mas da própria obra. E confundidos, desejosos demais da glória das suas criaturas, tanto ajuntam vilmente dinheiro pra deixar de herança aos filhos, como adornam vilmente as suas obras com facilidades banais, de aplauso fácil. É certo que a ambição personalista, de aplauso geral, ou dinheiro é um dos maiores empecilhos da criação artística, mas o problema psicológico do criador é mais complexo que isso. Si o artista é verdadeiro ele não se ama a si mesmo apenas, ele ama a sua obra também, e muitas vezes se sacrifica pra sempre, no pavor de ver a sua criatura ofendida pela incompreensão e a vaia. Foi esse certamente o caso de Carlos Gomes depois do desastre da Fosca. Esse era um artista verdadeiro, um grande artista verdadeiro. O caso dele é indisfarçável. Ele tinha muito mais o que dizer do que disse: a Fosca prova isso cabalmente. Mas lhe xingaram a filha adorada, e ele não teve coragem mais pra ver as filhas futuras aviltadas assim...

Você pode falar o que quiser, Siomara Ponga, mas você é inteligente e astuta por demais pra não me compreender . Porque também no meu caso, toda a minha obra é uma prova de que eu não me amo a mim mesmo, ou pelo menos que sei superar o meu amor por mim, em favor das minhas obras e pelo que elas serão na sua vida já independente de mim, quando concluídas. Mas é nisso mesmo que está minha tortura. O que eu sei! O que eu sei a respeito dos elementos de vitória que botei nelas, si esses elementos não podem ter o menor controle da tradição, que os garanta? Os exemplos similares não servem de nenhuma garantia. Si eu nacionalizo a minha obra, me aproveitando da lição russa do Grupo dos Cinco, a similaridade dos casos não implica similaridade de elementos. E a prova é que todo o orientalismo folclórico de Rimsqui-Corsacov ou de Borodin não ficou nem como valor intrínseco, nem como caráter de nacionalidade. E muito menos as obras de Liadov ou Cesar Cui. Ficou Mussorgsqui, em tudo, como eslavismo e como valor imenso. Mas esse era gênio, não serve de comparação.

— Mas Janjão, isso também é demais! Como é que você pode saber que não tem gênio! De resto, além da genialidade, carece não esquecer que muitas vezes, não tem dúvida, o gênio é uma longa paciência, como diz não sei quem.

— O gênio nunca foi paciência longa, Pastor Fido. Mas é uma obstinação.

— E você não é um obstinado!

— Eu sou lúcido por demais, meu irmão. Eu tenho a convicção das minhas idéias, mas não tenho certeza nenhuma das realizações em que as transcrevo. Eu tenho paciência, a paciência burguesa, a paciência infecta de ajuntar tostão por tostão, dessa burguesia de que vim e que me fez. Minha herança foi exatamente de sessenta e cinco contos, que meu pai me deixou. Eu sou formado com distinção pelo Conservatório Nacional. Eu tinha um empreguinho regular do Governo, você sabe. Mas percebi que sem o banho de Europa, eu não podia completar minha cultura musical. Desisti de tudo. Não tinha proteção, não consegui que o Governo me mandasse estudar. Então fui com meu dinheiro, deixando de parte todas as minhas distinções e medalhas de estudo. Ainda me prometeram que na volta, me davam de novo o meu empreguinho, mas quando voltei, cinco anos, caras novas, nenhum compromisso moral, tinha outro no lugar, fiquei sem nada. E com o problema detestável da nacionalização da minha música a me impedir a liberdade da criação. E com o problema angustioso da funcionalidade social da obra-de-arte, e a eterna melancolia da transitoriedade da arte de combate, da arte de circunstância... É horrível...

— Eu não estou entendendo nada disso tudo, mas até ficava interessante! (E o poderoso político Felix de Cima até se admirou da idéia luminosa que tivera. Assim protegia esse compositor e agradava os desejos da milionária. Continuou:) Vamos fazer um ajuste, Janjão: você escrevia uma série de artigos pro nosso jornal oficial, o "Cotidiano da Mentira", eu me encarrego de fazer com que aceitem a publicação. É preciso mesmo animar as artes. Você sabe, é jornal do Governo, muito lido, e não paga artigo de colaboração, mas isso não tem importância porque você deve desejar expor as suas idéias, todo artista gosta muito de ter idéias. São idealistas. Aliás a livre discussão artística sempre foi incentivada pelo Governo, mas não vá me falar em Comunismo, ouviu! Isso eu não deixo! O Comunismo é coisa lá da Rússia, não sei si é bom, si é ruim, a Rússia que se arranje! Mas nós já temos uma democracia muito boa, até Câmara dos Deputados já temos, praquê mais! Não quero nenhuma palavrinha sobre Comunismo.

— Ora, seu Felix! não se trata de Comunismo nem mané Comunismo! Mas já estou cansado de escrever em tudo quanto é jornal!

E o Felix, desapontado com a recusa:

— Mas é no jornal oficial, Janjão! Eu não lerei, confesso, porque não tenho tempo mais pra ler, essa proteção das artes já me toma o tempo todo pra que eu possa me instruir, mas outros lerão! Ler é aqui com a nossa grande Siomara Ponga que sabe tudo. Você lê, não lê, Siomara?

— Está claro que leria. ..pra aprender com o nosso compositor, mas você não está entendendo nada, como você mesmo diz, meu caro político. Janjão poderá não falar desse Comunismo que tanto lhe inquieta, mas você não percebeu que ele falou em "arte social"? Que Governo agora gosta dessas coisas, a não ser que seja a arte social do governo? Pois vocês não têm o GELO justamente pra ensinar como é que se fala de arte social? O "Cotidiano da Mentira" nunca aceitaria um só dos artigos de Janjão!

— Isso não! exclamou Sarah Light que enfim se achava com trunfos definitivos pra destroçar a cantora célebre, isso não! O nosso Governo está disposto a aceitar quanta censura justa lhe façam!

— Quem? o Governo de Mentira!

— Sim senhor, seu moço! Pois ainda o mês passado eu não dei uma entrevista em que tive a coragem de censurar, delicadamente é verdade, mas a gente pode dissentir sem grosseria! pois censurei sim! Censurei a decisão de acabarem com o Salão. E onde saiu a minha entrevista! Foi no próprio jornal do Governo! Então!

— E não foi a primeira vez, soluçou o político todo queixoso. Sarah, eu bem que sube, (sic) porque me contaram, mas você já deu quatro entrevistas e em três censurou a gente. A primeira vez foi por causa da organização da Sinfônica, a segunda foi por causa de fecharmos cinco escolas primárias pra equilibrar os orçamentos, e a terceira foi agora. Isso também é demais, Sarah!

Janjão não conteve o gesto de impaciência, todos viram. E a cantora sentiu logo que ali estava um jeito dela se aproximar de novo da milionária, e botar Janjão naquela antipatia. Murmurou nítido, com uma cristalinidade miraculosa de dicção:

— Então você acha que Sarah não fez bem, Janjão! Pois eu acho que fez.

— Fiz e faço! saltou a milionária, olhando desafiante o compositor. Eu aceito o Governo mas é porque ele me aceita também, com a verdade na mão!

— Mas espera um pouco, dona Sarah Light, interveio o Pastor Fido, salvando sem querer Janjão atrapalhado. Vamos esclarecer isso bem direito: O que a senhora fez não foi censurar o Governo, se pôr em oposição a ele, mas pelo contrário se declarar conivente com ele.

— Como assim! berrou o político.

— É muito fácil. O que Sarah Light fez não foi se opor à orientação do Governo, contrariar a possível ideologia da política reinante... Me diga uma coisa: si a sra. com as mais suaves e delicadas palavras, desse uma entrevista afirmando que o Governo de Mentira era fachista, o jornal oficial publicava? Nem ele, nem outro, porque o GELO não deixava. O que a sra. fez não foi se opor a coisíssima nenhuma. A sra. é muito bonita, eu juro! mas o seu ato não passou duma camuflagem conformista. A sra. não censurou o Governo, mas atos administrativos de que nenhuma ideologia não se pode dizer que tem imediatamente a culpa. Em todas as administrações de todas as formas de governo, há-de ter sempre funcionários ruins, e funcionários que erram, mesmo altíssimos funcionários como o sr. político presente, porque ninguém é infalível. De formas que o que a sra. fez foi péssimo do mais péssimo. Censurou administrações, e isso qualquer governo, quando despede um funcionário, quando modifica uma lei, etc., também implicitamente está censurando atos seus, até mais graves e legislativos. Ninguém é infalível.

— Mas eu tive a coragem de fazer isso no próprio jornal oficial!

— Coragem de Mentira, dona Sarah Light, camuflagem, me desculpe. O fato da censura sair no próprio jornal oficial é que define a coisa! Isso quer dizer que a sra. aceita a ideologia do Governo, e reconhece nele a possibilidade de melhorar ainda mais os seus homens. E o que é pior: a sra. pôs em saliência falsa, o que as pessoas conformistas ou ignorantes vão logo imaginar e pregar: que os chefes de Mentira são tão ótimos que até nobremente aceitam censuras e as publicam no seu jornal.

— O almoço está na mesa.

E *una voce,* que aqui significa num pé só, todos se ergueram salvos.

Capítulo V

Vatapá

A música brasileira tal como está na composição. Como compor música brasileira

Sarah Light sentou à mesa bastante desanimada. Si a conversa já estava tão briguenta, o que ia ser agora com a animação dos vinhos? Que o ambiente daquele almoço permanecesse um pouco tenso, ela bem que imaginara; nem era possível prever outra coisa duma reunião que congregava um plutocrata, um político, um compositor pobre e uma cantora famosa. E ainda por cima viera se agregar a esse grupo de monstros, um estudante de Direito moço bem já com suas leituras, meio ingênuo é certo, mas solidamente desbocado, que estava dizendo as verdades pra todo o mundo. Sarah Light cuidara que a sua habilidade de mulher vivida e muito acostumada a mandar nos outros, havia de domar aquela súcia. Mas não conseguira nada. Logo os interesses e paixões irromperam

tão insolúveis que ela ficou desarvorada, e o banquete estava degenerando numa batalha.

Já perdera a esperança de conseguir do político e da cantora qualquer proteção pro infeliz do compositor. Enquanto este não chegava, os outros tinham ficado naquela conversa mole; e depois que ele chegou, o jeito dele, nem tanto as frases altivas, mas o próprio jeito dele, a vestimenta encardida, o ar de desgraça, tinham despertado a antipatia dos superiores, e mesmo a aversão, para toda a eternidade. Aliás sejamos sinceros: Sarah Light já nem pensava mais nisso. Si descobrira a idéia de oferecer aquele almoço, levada por qualquer desejo de dar um empurro na vida de Janjão, bastou o desejo pra que a consciência da milionária sossegasse. Não estava mais interessada em coisíssima nenhuma, toda entregue à profissão de presidir almoços. O impulso de solidariedade, como sempre, se acomodara num rito de classe. E assim, ali pelas quinze horas daquele domingo possivelmente de sol, o político Felix de Cima, a cantora Siomara Ponga, o compositor Janjão e o estudante de Direito, Pastor Fido, se acomodaram em torno daquela távola redonda, na residência de inverno da milionária Sarah Light, que ficava num subúrbio de Mentira, a simpática cidadinha da Alta Paulista.

Sarah Light disse:

— Como hoje estamos entre nacionais... (Siomara Ponga tossiu. A milionária turtuveou, teve ódio, mas consertou com mais modéstia:)... e como se trata de homenagear um grande compositor mentirense, primeiro temos vatapá. Janjão ficou morto de vergonha, mas gostoso. Nunca soubera que o banquete era oferecido a ele, e de resto, si entendesse de etiquetas, decerto achava graça de estar apenas à esquerda da dona da casa. O político merecera a direita, ganhando do outro lado o prêmio da cantora linda. Sentiu-se bem. E fungou sensualizado, enquanto junto dele Siomara Ponga se servia (muito pouco), e espalhava na sala o cheiro sólido do prato. Um "oh" pensado amaciou todos.

— Oh! grunhiu Felix de Cima, de cima do seu paladar sabido, narinas arrebatadas, mastigando chupado e de boca aberta, como os que sabem comer. E com efeito dona Frutidor, a cozinheira barbadiana que só saía na rua de chapéu e falava cinco línguas, temperara um vatapá maior que a Capela Sixtina.

Um silêncio patético baixara sobre as almas, distribuindo por todos uma amizade sinceríssima, distraindo classes e interesses pessoais. Apenas Siomara Ponga fizera uma careta provando aquele horror jamais provado, que decerto havia de fazer mal prás vozes dela. Mexia no prato, num desprestígio irritado. Sentiu-se só, enquanto os outros comiam se entreamando sem querer. Bem que eli desejava confraternizar com a milionária, sentia uma necessidade imediata disso, sentia. Não tinha tempo pra se compreender agora (nem poderia aliás!), mas a simples presença indesejável do compositor despertara nela aquele desespero enciumado. A cantora se percebera de repente, humilde e comprimida por um desejo repugnante de agradar a milionária. Ela mesma se achava repugnante em seu desejo, mas não conseguia ser si mesma e decidira, conscientemente decidira, mas sem se motivar, pactuar com Sarah Light, tornar-se amiga da outra agradar, talvez influir?... Porém o vatapá estragoso lhe incutira na língua uma noção tão garantida de que viera estragar com as vozes dela, o mau gosto do prato a deixara tão sozinha, que não se dominou, piou fino:

— Está muito agradável. Mas esses pratos de negros são como transfigurações alimentares de estupros, há quem se console assim... É seu prato preferido, Sarah Light?

— Não! quase implorou a milionária, pegada de surpresa, ingenuizada que estava na volúpia de gostar. Mas Felix de Cima entendia da coisa e a salvou:

— Deixe de tolice, ilustre cantora. O prato é violento, mas o quê que você pode entender de violências e estupros, senhorita? A violência das comidas é menos questão de brutalidade do prato que de saúde espiritual.

— Espiritual! recalcitrou o estudante.

— Espiritual, sim! Eu sei que ficava mais fácil dizer saúde física, pois que tem pessoas a quem o próprio leite faz mal, mas não se trata disso não! Se trata é de saúde espiritual, não deixo por menos. Há um refinamento do bom gosto, digo mais: há uma etiqueta do bom gosto que dessora as almas e incute na maneira de julgar as coisas, de certas gentes que se supõe delicada mas que é enferma de espírito, o susto dos convalescentes. A etiqueta do bom gosto dá pro espírito a psicologia do convalescente, tudo fere, tudo bate. São espíritos lívidos. E então a própria força vira grosseria, a própria saúde vira estupidez, a própria alegria vira inferioridade. É questão de saúde espiritual, digo e repito. O vatapá é um prato dos fortes de espírito.

— Mas foi inventado por escravos...

— Deixa de tolice, menino, não se sabe quem inventou. Mas demos que fosse! Foi inventado por escravos, mas foi servido aos patrões! Mas isso no tempo em que o Brasil ia bem, tinha chefes fortes e comandados fracos. O governo colonial era um governo na batata, tinha pulso! Mas hoje toda a gente quer mandar, democracia!... E o vatapá saiu da moda, ninguém mais agüenta vatapá, só quer comer perfumaria! Nós carecemos dum governo forte, um governo-vatapá!

— O senhor é fachista!

— Eu não! gritou Felix de Cima assustado. Sou democrático! Mas Mentira só poderá progredir de verdade, quando possuir um governo, sim, legitimamente democrático mas completamente parecido com o Fachismo.

O estudante soltou uma risada mãe. Janjão parara de comer sarapantado. A própria Sarah Light que já ia concordar, se conteve, fingindo mandar qualquer coisa ao criado, Felix de Cima suspeitou que tinha avançado demais, consertou:

— Isso é o que dizem os americanos A liberdade é um ideal muito formoso, todos os homens devem ser livres, mas...

bom: é como o vatapá! Quer dizer... (O político não sabia o que pretendia dizer:) quer dizer... a nossa cantora é muito refinada em seu bom gosto pra...

— Quer dizer que eu não tenho saúde espiritual.

— Eu!...

— Tem sim, minha querida amiga: uma saúde espiritual até um pouco assustadora. Tanto tem que faz pouco, você nem hesitou em empregar a palavra "estupro", que eu nunca imaginaria possível nos seus lábios canoros. (A cantora sentiu-se chorar com o pito da outra. Mas Sarah Light inflexível, bateu mais): Eu sempre acreditei que essa palavra era mais própria dos beiços que dos lábios, mas vejo que a saúde espiritual se ajeita com tudo, sempre houve acomodações com a Igreja... Bem meus amigos, eu creio que como diz o nosso adorável Felix de Cima, com a exceção "convalescente" dos virtuoses, todos vamos repetir o vatapá. Previno que, só tem mais um prato, uma salada fria, com peito desfiado de perdizes vindas vivas do Chaco. Mas primeiro vamos decidir que vinho vocês tomam com o vatapá. O prato é forte e eu prefiro que vocês resolvam como quiserem: vinho vermelho, um Bourgogne, ou branco?

— Branco! Branco! e gelado!

— Oh, meu amigo: está claro que o branco vem gelado.

— Não é isso, Sarah Light! eu sei que você entende de vinho. O que eu digo é que tem de vir geladissimamente frappé.

Desta vez foi Siomara Ponga que não conteve a risada. Nem eu. A expressão não estaria de todo falsa, etimologicamente, mas quem que sabia disso ali! Esse antipático de político vai me saindo uma besta reverenda. Mas é incrível como os meus personagens já estão agindo sem a minha interferência: não consigo conter mais eles. O curioso é que Felix de Cima quando fala de comidas, vira inteligentezinho. E tinha uma coisa de bem político: sabia se acomodar. Como foi Siomara que riu, ela era tão culta, ele jurou que tinha dito uma besteira. Mas não fazia mal, se riu também:

— Pois é: geladissimamente frappé. Vinho não é questão de força nem de delicadeza do prato, carece é combinação, influência mútua. O que tem de mais admirável nos pratos do gênero do vatapá, é o fenômeno da tempestade. Tem um poeta brasileiro, não sei mais como se chama, recitei isso no grupo, falando que durante a tempestade o lobo e o cordeiro vão trêmulos se unir, é isso mesmo. O peixe, o camarão fresco são sabores delicados, que viram delicadíssimos, por contraste com a tempestade dos temperos, camarão seco, o dendê. Mas vão trêmulos se unir. É uma delícia da língua, até do paladar dos dentes, quando encontra na convulsão, a maciez do peixe a polpa discretamente resistente do camarão fresco. Eu não sei como explicar... mas vocês, homens, já perceberam decerto como é gostoso no meio da multidão a gente se encostar numa mulher...

— Oh Felix...

— Não! não estou fazendo safadeza não! é só encostar sem querer. A multidão é que encosta a gente, basta até encostar os olhos. Pois é o peixe, é o camarão do vatapá! Mas então chega o vinho, e como está bom este, Sarah, geladissimamente frappé. Vocês reparem: chega o vinho e toma partido pelos elementos fundamentais do prato, o peixe, o camarão, que ameaçavam ser vendidos pelos temperos tempestuosos. Já foi decidido pela civilização francesa: peixe só combina com vinho branco. E então assim bem gelado, abranda a tempestade do vatapá. Forma como vocês dizem na música, forma um acorde!

— Consonante ou dissonante?

— Não sei, seu compositor, isso é lá com vocês. Forma um acorde que nem concorda nem discorda, ajuda. Eu não sei porque a gente precisa concordar, pra se ajudar, não é mesmo Sarah Light?

— É mesmo! exclamou Siomara Ponga deslumbrada, se encontrando afinal nos instintos que a levavam a aderir à milionária.

— O que eu acho engraçado (comentou o compositor) é que o senhor, sem querer, disse uma verdade musical profunda. A música moderna também acabou com as noções falsas de acorde consonante ou dissonante. O acorde, seja qual for, o que o músico tem de inventar é a coincidência de sons e timbres se auxiliarem mutuamente, pra que tudo se valorize.

— Por isso é que a música de você é tão dissonante sussurrou a cantora, intencionalmente "ajudando" Felix de Cima. consciente agora do acorde que formava com a milionária e o político. Mas Felix de Cima jamais ouvira nenhuma obra de Janjão, deblaterou:

— E a música brasileira então! Esse Francisco Mignone que só faz música de preto, esse Camargo Guarnieri que só faz música de caipira!

— Si fosse apenas isso, a música brasileira ia muito bem...

— Arre Janjão então a música brasileira não vai bem? Janjão amolado se preparou pra responder.[1]

De repente o compositor Janjão falou arrebatado:

— Pois vocês querem mesmo saber o que eu acho da música brasileira? Eu acho que vai pessimamente, a principiar pelos compositores. Não estou longe de pensar que com todo o estrangeirismo da obra deles, os primeiros criadores ilustres do Brasil, José Maurício, Francisco Manuel, Carlos Gomes. foram muito mais nacionais que os de hoje, com toda a sua brasileirice musical. Francisco Manuel colaborou na fixação do ensino e depois na Ópera Imperial. que propiciava aos formados na escola, o exercício da profissão. E por isso

1. A partir deste ponto. que marca o fim do rodapé semanal de 30.11.44, M. de A. não fez mais em seu exemplar de trabalho as alterações que vinha fazendo no final de cada artigo da série e visavam a substituir o aspecto fraccionado do texto original pela fluidez de um discurso contínuo. Por este motivo o texto passa a ser transcrito, de agora em diante, tal como foi publicado no jornal tendo-se corrigido apenas os erros tipográficos e marcando-se com um espaço o final de cada rodapé.

não sei que tara generosa lhe deu o prêmio de se tornar o autor do Hino Nacional. O resto das obras dele foram modinhas para o rito sexual da burguesia em formação, ou, como José Maurício, música religiosa para o serviço divino. Carlos Gomes, bem conscientemente, como prova a dedicatória do "Schiavo", foi em música o companheiro de Castro Alves na campanha abolicionista. Tudo música a serviço de alguma coisa a mais que um simples diletantismo estético. E hoje! Com exceção do Villa Lobos coral, quem mais faz música de serviço social, neste ano da graça de 1944, neste dia sem graça de 9 de novembro!

— Hoje é 9 de novembro? exclamou o estudante de Direito.

E a virtuose Siomara Ponga esquecida: — É sim Pastor Fido; do que você se arrepia tanto? — Nove de novembro!...

Um silêncio explodiu. A milionária Sarah Light baixou os olhos, constrangida. Janjão abriu os dele amargado. O estudante está mudo, cheio de lembrança, olhos parados, secos, olhos de grito metálico. O político Felix de Cima funga mastigando, sem conseguir vencer o desaponto. Só a cantora olhava todos, meia rindo, meia assustada. Enfim se lembra de si mesma:

— Não sei do que vocês estão falando mas eu também nunca hei-de esquecer este dia. Ia dar um recital em São Paulo, o ano passado, mas houve uma correria de estudantes, tive que adiar, foi uma caceteação.

— A sua caceteação (navalhou o compositor indignado) foi um gesto muito sincero, muito digno, e um rapaz morreu.

— Eu não falei por indiferença não, até lastimei muito... Mas não há nada mais desagradável do que adiar um recital.

Felix de Cima se desculpou:

— Eu estava viajando, passei três meses fora. Nesse novembro comia ostras numa praia do Paraná, curtindo uma roleta que desde setembro antipatizara comigo, no Rio. Mas que deslumbramento o Rio!

— Muitas mulatas? flexou a cantora.

— Nove de novembro, repetia o estudante descontrolado.

— As mulatas estão racionadas agora; são presa de guerra dos marujos alvíssimos.

— E o racionamento está muito duro no Rio?

— É o nosso sacrifício pela guerra, temos que agüentar, até é simpático. Mas escolhendo um grande hotel nem se percebe.

— E automóvel?

— É o pior. Na véspera de 7 de setembro, quase perdi o banquete de gala que o grande bailarino argentino Viento y Vientos ofereceu aos cariocas, antes de voar a Belém, onde ia dançar pros soldados. A farra foi no Copacabana. Quando desci na porta, não tinha um automóvel pra remédio no Flamengo. Afinal achei um, mas ficamos engarrafados na passagem dos tanques que iam se colocar pra parada do dia seguinte.

— Queria ver um tanque...

— É sinistro, moça. A gente de casaca, se alegrando pra ir numa festa, e aquele estrondo soturno, aquelas massas formidáveis avançando, roncando ameaçadoras. Toda a gente estava horrorizada, o chão tremia; naquele esperdício de luzes, parecia que a própria luz uivava, meu coração ficou pequenininho! Imaginei aquilo em ação, as metralhadoras varrendo sem perguntar, assassinando, assassinando...

— Nove de novembro...

— Muda esse disco, rapaz. Felizmente quando entrei na sala do banquete, nem lembrei de guerra mais, ofuscado. Um luxo como nunca vi, nunca vi tanta jóia! E gostei da mistura, dizem que eu não sou modernista! Havia mulheres dos outros, tinha senhoras casadas, divorciadas, casadas no Uruguai, amantes de só um, de tudo! Só faltava a nossa cantora pra enfeitar a orgia com a sua pureza imortal, ah, ah...

Siomara sorriu complacente. Lhe passaram na idéia as grandes virgens do agiológio católico, sentiu-se uma delas. Disse com desprezo:

— Quer dizer que você aproveitou.

— Aproveitei foi a comida! que manteiga! E que carnes! Viento y Vientos é tão refinado que os perus e o boi vieram de Buenos Aires de avião. Com muita graça, o último prato chamava "Balé do Racionamento", só que estava escrito em francês. Era um chateaubriand, no fundo, que delícia! mas em vez de batatinhas: pequenos pedaços de queijo assados na brasa; em vez de cogumelos: leite coalhado em cápsulas salgadinhas. Vinha um prato de salada junto, todos se enganaram. Alface, aspargo, palmito, tudo feito com massa de açúcar pintada, foi muito divertido. Está claro que ninguém comeu isso, mas a carne estava miraculosa.

— Nove de novembro...

— Aliás, interrompeu Siomara Ponga incomodada, nos restaurantes de São Paulo ainda se come bem. Carne, manteiga, frutas à vontade.

— Nos chiques nunca falta. Até sobra; diz-que eles revendem a particulares.

— Não careço, passei a comer fora desde que isso principiou.

— Pois fique em sua casa, comida de restaurante cansa bem. Faça as compras neles, que por qualquer 60 milréis você arranja um quilo de filé.

Sarah Light se mexia na cadeira incomodada. O político percebeu e desviou:

— E que vinhos Viento y Vientos nos ofereceu! Só o Bourgogne era de uns trezentos paus a garrafa, bebi uma sozinho. Depois da champanha, fomos beber whisky no show, onde teve uma alegoria ao Expedicionário feita por girls norte-americanas, gostei muito. Só às três tudo se dissolveu, porque Viento y Vientos voava às cinco. Aí é que foi a história...

— Taxi a cem milréis, quando se acha...

— Nove de novembro...

— Não; tinha de sobra lá. O chato, depois de tanta alegria, foi esbarrar nas filas junto dos açougues, das leiterias que só abriam às sete. Veja que noite de Dostoievsqui; primeiro guerra, depois farra, depois fome! Me estragaram toda a noite, a gente também tem coração. Quando estava perto do hotel, quis andar um pouco pra espairecer. Mas topei com uma bicha de leite, mães, mulheres grávidas, até crianças de doze anos.

— Nove de novembro...

— Acaba com isso, estudante! que bobagem! Seje homem!

E a lembrança de que ele era um homem, afinal humanizou o Pastor Fido, duas lágrimas chofraram. E ele desatou num choro brutal. Era visível que não sabia mais chorar. Chorava com dor de lágrima arrancada, num pranto inábil, em convulsões de soluços grotescos, feito resmungos de fera. Esfregava as mãos na cara, como querendo arrancar dos olhos o choro difícil, e as lágrimas brincavam pelos dedos dele. Contudo aquela dor física o distraía do sentimento do seu coração. Mas o próprio instinto de secar o pranto, lhe pondo demais na consciência o seu desespero chorando, o fazia chorar mais, era triste. O político indignado batia pros peitos um copo de vinho. A virtuose esmigalhava bolinhas de pão. Mas Sarah Light compreendia. Os olhos dela ficaram úmidos. Era sincero o seu desejo de consolar, mas veio um medo. Aquele era um caso em que nenhum rito de almoço, quermesse ou baile a mentia. Ali, ela só tinha o gesto, as mãos, o colo, o beijo. Teve medo. Qualquer toque naquele corpo de beleza a convulsionaria num jorro de delícias confusas. Ficou hirta, com um bocado de raiva do rapaz. Não por causa do banquete interrompido, mas... Mas porque ele era triunfalmente moço, até naquele choro errado. Tinha raiva daquele errado que exercia na cara dela o direito, o despudor de poder ser um errado. Janjão? Estava hirto também. Nenhuma piedade nele, mas a espécie de glória de se reviver num igual. Nem solidarizava propriamente na superioridade desumana do artista. Ultrapassava homens e amores, na sua horrível, inflexível fatalidade de ser um artista. Pela Arte sim, pela sua arte também e em principal pela abstração incontentável de Humanidade, dava tudo sem hesitação. Por um indivíduo, nunca. Como artista, os indivíduos lhe eram insuficientes. Mas no estado de consciência crua em que o pusera aquele choro humano, sentia no moço um igual, capaz de chorar e morrer por ideais. Era o estudante que estava perto dele, embora ele se soubesse longe do estudante... "Eu sou a mocidade, sou o amor", lembrou num lampejo.

Quase sorriu. Afinal sorriu. Mas a idéia de que sorrir era fora de propósito ali, lhe lembrou fazer um gesto a propósito. Canhestro, incapaz, todo ossos, pôs a mão, puro teatro, no braço convulso do moço, apertou.

Aí Sarah Light se ergueu, violentada pelo ciúme.

Aquele gesto era dela, só ela tinha o direito de tocar no Pastor Fido ali. "Deixe ele, Janjão!" protegeu ríspida. Se inclinou sobre o moço caído na mesa e o envolveu nos braços deliciosos. Brisa do entardecer! cheiro de lírios do brejo, infâncias, mães, ternuras, grutas abismais, força terrestre quente, gosto, arroubo de sexualidade ilimitável: o moço se atirou nos seios dela, possuindo, chorando mais, num choro que sorria encabulado, choro bom, quase fingido, sacaneta, bom, más bom! Sarah Light o erguia extasiada. Nada mais da confusão dos sentimentos que a amendrontara de primeiro. A confusão existia sim, mas tão grave, tão harmoniosa — o sentimento é como o som, dá sempre sons harmônicos — que Sarah Light estava extasiada, completada, convertida ao seu *total destino,* mulher. Foi levando no corpo o rapaz. Havia no terraço um banco (Liceu) meio escondido, bom pra ela se tornar totalitariamente a mulher. Único totalitarismo que ela jamais devia ter trocado por outros. E vos garanto que Sarah Light era uma grande mulher, que pena...Tive e tenho intenção de a mostrar desagradável, como de fato é. Mas nem sempre consigo conservá-la na sua classe de plutocrata, porque, pessoalmente, às vezes ela se esquece da classe e de mim, uma grande mulher!

Pois em pouco tempo o Pastor Fido, por mais que sem querer quisesse prolongar aquele consolo complexo, estava novo, perdoado da lembrança inesquecível. Precisamente oito minutos depois, eles voltavam para a távola redonda. Siomara Ponga escrutou, por mera curiosidade, o rosto dos dois. Ela era tão fria, Siomara Ponga. Mas não percebeu sombra de vergonha em ninguém. Janjão odiava, juro: odiava o Pastor

Fido. Felix de Cima sonhadoramente chupava topázios no copo, imaginando carnes de mestiças possantes. Mas pela primeira vez naquele dia, na urgência de fracasso em que o seu banquete estava, a milionária se afirma, em seu posto de mando, e manda:

— Pronto: já passou e não se fala mais nisso. Janjão, continue expondo a música brasileira que você interrompeu.

E enfim pôde fazer o sinal pra que o criado passasse a repetição do vatapá. Janjão só de raiva, ainda desobedeceu:

— Pois embora a música brasileira seja uma marcha fúnebre, não teve ninguém que entoasse pra hoje o lamento duma Marcha Fúnebre... A música brasileira anda entregue às suas gavotas. Mas como eu ia dizendo...

E afinal Janjão falou:

— Bom, Sarah Light, eu vou lhes dizer o que penso da musica brasileira, mas ao menos me deixem apresentar certos princípios gerais, que podem ser discutidos mas pelo menos são francos, leais, objetivos.

— Eu não sei porque são justamente os mais idealistas e desnorteados que vivem falando em objetividade, me dá uma angústia!...O que você tem de objetivo, Janjão!

— Siomara Ponga, deixe Janjão falar, faz favor.

— Eu afirmo preliminarmente que na situação em que o Brasil se acha, como entidade brasileira, isto é: como organização da coisa étnica e assimilação do espírito do tempo universal, os brasileiros só podem fazer arte legítima, eficaz, funcional e representativa si deixarem inicialmente de parte a intenção de fazer arte gratuita. ..

— Arte hedonística...

— ....arte no sentido hedonístico do termo, sim: si abandonarem, como ideal, a preocupação exclusiva de beleza, de prazer desnecessário. E principalmente essa intenção estúpida, pueril mesmo, e desmoralizadora, de criar a obra-de arte perfeitíssima e eterna.

— Este aliás é um dos maiores defeitos, talvez o maior defeito da crítica brasileira, não só de música, mas de qualquer das outras artes, até mesmo da literária. O próprio Álvaro Lins já afiançou que o que ele busca discernir, nas obras-de-arte, são os seus valores de permanência no futuro. Mas com Álvaro Lins, pelo menos, nós temos um credo, uma atitude crítica definida. Pode ser discutida, mas é defensável como qualquer outra. O que é estúpido é, diante duma obra qualquer que tenta pôr um problema em marcha, como é o caso da linguagem do Mário Neme por exemplo, ou o caso da cor brasileira, em Almeida Júnior, uma pessoa julgar em função do ano dois mil ou três mil.

— Diga melhor, Pastor Fido: colocar a crítica numa atitude eterna de julgamento de valor, em vez de numa atitude sempre de julgamento de valor, mas valor transitório, do momento que passa. O mais divertido é que muitos, atordoados, sem perceber essa contradição íntima, de estarem julgando em função da beleza livre e eterna, uma obra de beleza condicionada e transitória, se salvam afirmando não ditar julgamentos de valor. Como se tudo não fosse julgamento de valor!... O simples fato de se tomar as "Baquianas" de Villa Lobos e estudá-las, mesmo só estudá-las em relação a Bach, mesmo sem dizer si são boas ou ruins, o simples fato de se estudar a paleta de Tarsila e analisá-la enquanto cor da natureza brasileira, são julgamentos de valor. Porque em toda relação haverá sempre um mais ou um menos; ou, na melhor das hipóteses, o sinal "igual a". E tudo isso implica julgamento de valor.

O Pastor Fido: — Mas o mais ridículo é que toda essa crítica que vive berrando os métodos que adota, o que menos tem é método; não agüenta o tranco, e a todo instante vive a mexer o rabinho debaixo da pele do leão, em julgamentos diretos e sentimentais de valor .

— Pois é. Mas diretos e sentimentais em função da eternidade e do futuro. É incrível o pavor que toda essa crítica tem, de errar no futuro... Não chega a ser risível, porque dá dó. O melhor é pois, já que qualquer espécie de crítica é mesmo explícita ou implicitamente um julgamento de valor, a gente se expandir em julgamentos de valor, igualmente diretos e sentimentais, como você diz, mas lealmente transitórios, em função da obra-de-arte a julgar, e para o tempo em que ela foi feita. As "Baquianas" de Villa Lobos têm de ser tomadas não em relação a Bach, mas em relação a elas mesmas. Transitoriamente, enquanto valor de hoje e do momento.

— Não concordo! Quando eu interpreto uma canção de Fauré ou de Schubert, eu pretendo honestamente revelar Schumann[1] e Fauré na sua permanência, na sua mensagem.

Janjão, foi impossível guardar o beiço de desprezo que ele fez, olhando a cantora. Ia responder, mas desistiu, murmurando apenas (com que doçura!):

— Isso é porque você é virtuose... Mas continuando: O Brasil está em frente do seu futuro. O estado das artes musicais, plásticas, arquitetônicas mesmo (e mesmo como linguagem, as literárias) o Brasil, não é primitivista, por Primitivismo escola de arte, ou primitivismo diletante de blasés europeus...

— Você viu...

— Deixa eu falar, Pastor Fido, você me interrompe sempre. Os artistas brasileiros são primitivos sim: mas são "necessariamente" primitivos como filhos duma nacionalidade que se afirma e dum tempo que está apenas principiando. Neste sentido é que toda a arte americana é primitiva, mesmo a dos Estados Unidos. E se quisermos ser funcionalmente verdadeiros, e não nos tornarmos mumbavas inermes e bobos da corte: como os primitivos de todas as nacionalidades e períodos históricos universais, nós temos que adotar os princípios da arte-ação. Sacrificar as nossas liberdades, as nossas veleidades e pretensõesinhas pessoais; e colocar como cânone abso-

1. (sic) Trata-se sem dúvida de um erro tipográfico: deve ser Schubert.

luto da nossa estética, o princípio de utilidade. O PRINCÍPIO DE UTILIDADE. Toda arte brasileira de agora que não se organizar diretamente do princípio de utilidade, mesmo a tal dos valores eternos: será vã, será diletante, será pedante e idealista. Que bem me importa agora si eu não fico que nem um Racine, que nem um Scarlatti?... Que bem me importa si não vou ser bustificado num canto de jardim público, dentro de cem anos?... Que bem me importa não ficar eternamente redivivo, se vivi?...

— Mas meu amigo, nesse caso sempre você também está fixando o Brasil como elemento de relação, para os seus julgamentos, de valor.

— Eu não estou entendendo nada! suspirou o político Felix de Cima.

— Estou, Sarah Light, estou! Mas eu não neguei os elementos de relação, como processo de atingir um julgamento. O que eu afirmei é que esses elementos devem ser os que a própria vida transitória pede, e não elementos, de eternidade, que nem a vida, nem a obra-de-arte praticamente pedem. Não se esqueça que mesmo a obra-de-arte, mais livre, mais "hedonística", como faz questão de dizer Siomara Ponga, é sempre um fator social, um elemento funcional.

— Mas si a obra-de-arte é livre, o que ela pede para relação do seu julgamento de valor, é o eterno, o universal.

— Não si essa obra for brasileira. Não, aliás, em qualquer caso, mesmo se tratando duma "Pulcinella" de Stravinsqui — e a prova é que a Rússia comunista repudiou Stravinsqui. E fez muito bem. Sem medo do futuro. Mas não me perco neste poblema agora...

— Problema! Pronuncie direito, Janjão.

— Não chateia, Siomara Ponga! Janjão tem razão. É a própria vida transitória que estabelece os elementos relacionais para os julgamentos de valor. E no caso, essa vida é o Brasil. Mas o Brasil, entenda-se: não só o que ele foi, tradicionalmente, o que ele é racialmente, mas também no tempo de agora, como assimilação do espírito do tempo. É disto que eu ia falar. Janjão não deixou! Porque não há nada mais irritante do que a crítica européia a respeito das nossas artes e artistas. Eu ainda hei-de escrever uma monografia, denunciando essa estupidez. Franqueza: estupidez. Até já andei ajuntando umas fichas, mas com esta vida, agora aqui, agora noutra pensão, perdi tudo. O Brasil não é nenhuma esquimolândia, nem a nossa música é o gamelã javanês! Nossa tradição é européia, nossa vida de arte erudita é a da civilização contemporânea, que já nem se pode dizer mais européia, nem mesmo cristã, pois avassala universalmente o mundo. Mas é de ver a crítica de arte européia como trata os criadores brasileiros! Mesmo um Boris de Schloezer, no entanto tão filosófico e inteligente. Há uma crítica dele sobre o Villa que é duma pobreza larvar. Ela acaba estabelecendo sempre um julgamento de valor (está claro: valor menos) porque o Villa reflete elementos de Stravinsqui! E o que é pior: afirma que o Villa não poderá nunca fazer música brasileira, enquanto usar a orquestra sinfônica, porque esta é manifestação de cultura européia, que burrada! A orquestra também não é russa nem norueguesa, si a tomarmos em relação ao tempo em que se formou.

— E nesse caso nem francesa seria, pois que afinal foi um italiano, Lulli, quem fixou em Paris, e por importação, por cópia, os primeiros "Vinte e Quatro Violinos do Rei"...

— Pois é! Agora imaginem um crítico do tempo de Rameau que afirmasse este não poder nunca atingir música francesa, enquanto se utilizasse da orquestra austro-italiana! Nós somos também civilização européia, e a orquestra nos pertence com tanta legitimidade como a Mussorgsqui ou Falia. Mas essa é a visão geral, realmente tonta, da crítica européia a nosso respeito e do Brasil: somos uns exóticos, somos uma esquimolândia, e no fundo o que eles pedem não é arte brasileira, nem arte livre, nem nada. Querem é vatapá, querem gamelão. Há uma crítica impagável daquele bem intencionado Henri Prunnieres, também sobre Villa Lobos, em que de repente, no meio da crítica, ele principia vendo índio, vendo floresta virgem, na música acapadoçada de um ótimo Villa do largo da Lapa.

— Isso também me irritou, outro dia, lendo no jornal a crítica de um diz-que grande crítico inglês de artes plásticas, a respeito da exposição de pintura brasileira em benefício da RAF. Achava que os quadros não eram brasileiros e refletiam influência da Escola de Paris. Mas quem hoje não reflete na pintura, influência mínima que seja, da Escola de Paris, que é universal, feita de Picassos e Pascins de todas as partes do mundo?

— E de franceses, Sarah Light, graças a Deus. Mas a senhora não viu o próprio Benton infernizado com isso, na carta aberta que escreveu aos pintores brasileiros? A Escola de Paris, só chamada assim por causa da importância internacional de Paris, é um fenômeno universal de revalidação dos princípios técnicos da pintura. E não é por esse lado técnico-estético da Escola de Paris que os pintores brasileiros deixam de ser brasileiros e funcionais.

— Estou entendendo! arrufou-se todo o político Felix de Cima: O que você quer, menino, é que os pintores daqui só pintem negro!

— É também o que os músicos brasileiros fazem de nós lá fora: uns negros, batuque... sorriu displicentemente a cantora Siomara Ponga.

— Detesto negro, explodiu a milionária Sarah Light.

— É isso! (Janjão não se conteve:) O quê que esses críticos musicais estrangeiros pedem de nós? Negro, só negro! E o quê que os brasileiros pedem? Branco, só branco! E durma-se com um barulho desses! São todos uns idiotas!

— Só você não é.

— Você tem razão, Siomara Ponga. Nem todos são idiotas: há os espertos.

Mas a violência da indireta, esfriou todos. O próprio Janjão ficou encabulado com a grosseria. Principiou falando rápido, pra disfarçar, sem saber exatamente o que ia dizer.

Janjão continuou com os pensamentos em tumulto, falando sobre a música brasileira:

— Pois é dentro dessa arte-ação, desse primitivismo, natural do Brasil em face do seu futuro, que a música brasileira tem de ser nacional. Um nacional de vontade e de procura. Nacional que digere o folclore, mas que o transubstancia, porque se trata de música erudita. E um nacional que digere as tendências e pesquisas universais, por essa mesma razão do Brasil ser atual, e não uma entidade fixada no tempo.

E por se tratar, sempre, de arte erudita, que por definição acolhe a internacional. Uma melódica brasileira... Uma polifonia brasileira... Já nem tanto... Uma harmonização internacional, pois que não há harmonização nacional: os acordes debussistas foram parar no jazz, sem descaracterizar coisa nenhuma; e as próprias terças inglesas jamais serviram pra nacionalizar a música da Inglaterra. Uma rítmica brasileira... Este o problema mais angustioso talvez... Por causa da síncopa. Uma rítmica brasileira em que as síncopas fossem uma constância de movimento, mas em que os tempos e acentos normais fossem a base essencial e permanente da construção rítmica. Enfim: uma música brasileira que sendo psicológica como caracterização racial, fosse o menos possível exótica. Quero dizer: não se tornasse, feito a espanhola, mais reconhecível pelo traje que pela alma...

— É muito vago, Janjão.

— É muito *vago,* Pastor Fido é...

A cantora, só de pique, descobriu um jeito de defender a síncopa:

— De resto, a síncopa... Você diz que a música brasileira não deve recusar o internacional contemporâneo: pois a síncopa não pertencerá a essa exigência psicológica atual do mundo? Pelo menos como coincidência do Brasil com o tempo?... Afirmam, e há bastantes provas disso, que o estado de religiosidade está reflorescendo neste século... Eu creio que isso é natural, porque talvez em nenhuma outra época historica o homem tenha vivido tão próximo da morte. Nós estamos vivendo tangidos pelo instinto de morrer... Morre conosco uma civilização histórica, a Cristã. Estamos na bancarrota do cientificismo naturalista do séc. XIX, morte do homem como simples animalidade.

— Nem tanto...

— Nem tanto, seja, meu caro político. Mas: esteticismo exacerbado, Arte Pura, artes sem significação do bem e do mal, da verdade e do erro: morte da arte interessada, funcionando liturgicamente dentro da vida humana, época do Comunismo: morte do homem indivíduo, dissolução da família, dissolução do nacional, do racial...

— Mas onde é que você viu isso, Siomara Ponga!

— Deixa a moça esbanjar, Janjão.

— Mas eu não posso, Pastor Fido! Não sou comunista, mas o comunismo traz em si tamanhos indícios de vida, que Siomara não pode contar ele como participante do convívio dos contemporâneos com a morte.

— E os totalitarismos?...

— Esses você não só pode, mas deve.

— O capitalismo ianque está rescendente de morte... Época da *Corporation.* Época da Sociedade "Anônima". E vocês todos vivem num estado de gozo físico exacerbado. (Ela era fria...) A dança reina! Se abriu uma fase humana de predominância do ritmo. E do ritmo imoralizante, o que é pior. É a síncopa remeleixada do ragtime, do tango, da rumba, do samba, da marchinha.

— Mas eu não entendo! porque que a síncopa é imoralizante!

— Porque, Felix de Cima, ela contraria os ritmos fisiológicos normais do homem. Ela se conscientizou na música européia justamente por isso; uma anormalidade, embora o ingênuo João Sebastião Bach nunca imaginasse que estava pecando contra a carne, em sua sistematização abusiva de síncopa. A síncopa é anti-moral, apaixonante, um desvio. Um gozo sensual. E o gozo físico excessivo, tanto pela sua violência anormal como pela sua conseqüência lógica de exaustão e esgotamento, nos seciona da vida que é movimento e regularidade aproximando a gente da morte. Vivemos realmente uma ambiência de morte, embora as aparências do tempo sejam dum reflorescimento de vitalidade.

— E o esporte?

— O esporte leva a gente pra uma vitalidade normal e legítima. O esporte jamais é sincopado, reparem. Mas o conceito verdadeiro do esporte porém, que reforçaria essa tal de tese do homem chofer, está completamente adulterado. Todos os ideais, processos e façanhas do esporte, nos tempos de agora, só nos aproximam da morte. Porque, como reforçamento da vida, o esporte não é praticado mais: o esporte não é mais aquisição de vida, mas aquisição de vitória do mais forte; e tudo é competição. Até nos grupos escolares! Até na ginástica de exposição em praça pública! Reina a vontade do homem colosso. Reina o único desejo de ser mais forte que. Reina a jogatina mais desarvorada. A rivalidade patrioteira. O profissionalismo. O profissionalismo é a lei vigente até do amadorismo. Os amadores não querem que o outro automóvel passe na frente deles na estrada. Si o outro passa, sentem uma amargura de morte. E sobretudo, domina no esporte internacional, a lei de arriscar a vida. O que entusiasma, o que idealiza nas velocidades estupefacientes dos automóveis, dos recordistas, dos aviões, é a bravata contra a morte, que nos aproxima dela. Portanto, nada mais natural que o homem moderno, vivendo de morte, volte a um estado de religiosidade sangrento. Pouco importa si essa religião é o Fachismo. As religiões revalorizam a morte. Pro homem, como elemento da natureza, as religiões não dão sentido. Porém elas justificam a vida tornando esta uma conseqüência lógica da morte. Esta inversão da ordem natural das coisas, esta justificação da vida pela morte, "viver morrendo"... talvez seja mesmo o convite mais sutilmente encantatório da divinidade das religiões...

— Bravos, nossa grande virtuose!

— Gostou, nosso grande político?

— O que eu não estou vendo é o que têm as religiões com a síncopa deu de ombros o compositor bastante despeitado.

— Os extremos se tocam, Janjão. Vejo que você não pode seguir bem o meu pensamento, mas eu resumo pra você... Eu digo que todas as religiões são tecidas de elementos mortíferos. Dos quais o mais importante é a colaboração do pecado. Você repare que todas as proibições e tabus são, a bem dizer, gratuitos; mas si nos parecem gratuitos, é porque não nascem das necessidades lógicas da vida, mas das insinuações futuras da morte.

— É a alegoria dos dois caminhos, Janjão, o caminho largo florido, o caminho estreito e espinhento: quem toma o caminho gostoso vai pro inferno.

— Me lembro, Sarah Light. Mas é que justamente a síncopa é sistematicamente rejeitada na liturgia musical das grandes religiões organizadas.

— Pois eu falei que os extremos se tocam: a síncopa é da profanidade, é a colaboração do pecado. A síncopa é do amor, como se diz.

— Mas o próprio Bach, Siomara, que é tão sincopado nas peças profanas, basta lembrar o "Cravo bem Temperado", deixa de ser sincopado nas peças religiosas, principalmente nos corais.

— Bach, meu caro, contra o qual você manifesta uma antipatia que eu não posso compreender, a não ser que você tenha inveja dele, o nosso prezado João Sebastião Bach, era muito menos religioso do que afirmam. O que ele foi, embora honestamente como prática sexual, o que ele foi, mas foi um vivedor, isso sim. Compare a religiosidade da música dele quase toda, mesmo as paixões, a missa, e sobretudo as peças de órgão, com a religião cem vezes mais profunda dum Palestrina. Mas não se esqueça que na vida, enquanto Palestrina cultivava rosas, Bach fazia filhos, vinte e um filhos e duas mulheres. É possível dizer que dentro da prática terrestre das religiões cristãs, Bach não foi um libidinoso. Mas ele demonstra frequentissimamente aquela psicologia do "animal triste", dos excessos sexuais. Tipicamente nas peças de órgão, de caráter improvisatório, em que ele se libertava do sentido litúrgico dos textos tradicionais, vibra a tristeza. Uma tristeza frenética, porque ele era um sanguíneo, fisicamente um forte. E não raro, nos seus prelúdios e tocatas de órgão, se não existe nenhuma sensualidade, existe o grito do desesperado. Compare com Frescobaldi. E com Vitória e com o próprio Haydn risível das missas, e por mais facilmente controlável por estar próximo de nós: com Cesar Franck. Este sim, era um religioso, até mesmo nas peças profanas. E no entanto estou citando italianos, espanhóis, gente vivedora, muito mais sensual, estou citando latinos. A evasiva religiosidade de Bach tem um simile latino sim: mas este são os pintores italianos do Alto Renascimento: Raphael, Miguel Anjo, menos Da Vinci, mas sobretudo os venezianos, Veronese, o Ticiano. Mas nunca Tiepolo! Bach é já pleno século XVIII, e os historiadores alemães insistem no inventar nele elementos barrocos. Haendel sim, é a religiosidade do Barroco, muito mais legítima aliás, que a do Alto Renascimento. Neste, sobretudo na Itália, nós vamos encontrar uma arte religiosa feita por ateus, inteiramente posta ao serviço de interesses classistas, uma religião cinicamente agnóstica. Bach até nisso é um anacrônico, e está ao lado de Raphael. Não "comparável" a Raphael, mas equiparável a este. A comparação é um dos elementos mais precários de crítica, porque sistematizando as similitudes e as oposições, cria elucidações festivas e deslumbrantes. O que não quer dizer que estas elucidações sejam certas.

— Pelo contrário levam aos erros e às incompreensões: mais obtusas. Nisto, ao menos, eu estou completamente de acordo com você.

— E quanto a sincopa?...

— Não sei, não sei! Estou de acordo em que a síncopa é de fato uma tendência, por assim dizer, uma necessidade da música universal contemporânea. O que não impede que ela seja o maior perigo da música brasileira erudita. Mas não é nisso, não é propriamente na composição que a música brasileira vai pessimamente. Não há dúvida que ela apresenta alguns criadores de grande valor, e uma personalidade genial como Villa Lobos...

— Mas nenhum conseguiu a grandeza duns "Pini di Roma"! (E como ele pronunciava bem o italiano! "Roma" lhe saiu com um erre fraco, fraco... Felix de Cima político, descendente de italianos, de italianos não, da águia romana, estava entusiasmado. As narinas gordas dele pareciam asas de peru batebatendo, recebendo masoquistamente as ordens fachísticas das marchas grossolanas do mussolinizador musical de Roma:) O final dos "Pini di Roma" é a música mais divina!

— E o "Bolero" de Ravel? chasqueou o estudante.

— Também! caiu o político, mais sensualizado ainda; enquanto Janjão se sentia fraterno do estudante! Mas Sarah Light, sonhadoramente:

— Vocês falaram da síncopa, dos brasileiros, de Respighi, do "Bolero", mas sejamos práticos e objetivos. O que prova mesmo é a estatística. As "Cirandas" de Villa Lobos podem ser uma obra prima, como Janjão me aconselha...

— A única obra que fez o piano avançar além dos "Prelúdios" de Debussy.

— Seja. Mas nem o "Bolero", nem Respighi, e muito menos Villa Lobos, conseguiram metade das execuções, a perfeição e a popularidade do grande compositor Smith van Klugg! Sobretudo da ópera cômica dele, "Os Amantes Sincopados".

Tableau!

Assim que a milionária Sarah Light lembrou o nome de Smith van Klugg, o compositor mais célebre e celebrado, mais popular e mais executado dos nossos dias, houve um tableau no banquete. Todos se imobilizaram. Que se tratava duma grande personalidade musical de artista criador, não havia dúvida, mas a imobilidade daqueles cinco comedores, em cada um tinha um sentido. A milionária, por mais prática que os outros, se imobilizara sonhadoramente (o termo é exato: sonhadoramente) numa adesão total. O político Felix de Cima (fachista) não era exatamente uma adesão, mas era um adesivo. O estudante de Direito Pastor Fido, pegado de surpresa, gostando sem querer do músico ilustre, ficou atônito, quase tomado de pavor. Aspirava a não gostar, mas não se distinguia, confuso. A cantora Siomara Ponga, essa cantava sempre as melodias famosas de Smith van Klugg, sucessos garantidos. Teve um gesto de impaciência repugnada (conhecia tão bem o músico...), mas que ela estancou no meio, pra se tornar concordante com a sua vida de virtuose. Mas o compositor Janjão, artista verdadeiro, ignorado e pobre, assim que escutou o nome de Smith van Klugg, foi como uma bofetada que ele recebeu. Jamais em seu pudor, ousara analisar conscientemente, e julgara a obra do compositor famosíssimo. E o tomou uma vergonha enorme, ficou rubro. O golpe foi mesmo tão irrespirável, que ele precisou falar, falar alguma coisa, mudar de assunto, esquecer, varrendo um mal-estar de anão que viera brincar sobre a toalha da mesa.

— Mas é um erro tonto julgar o estado duma música nacional, exclusivamente pelos seus compositores... O Brasil conta com alguns compositores de muito valor, mas a música brasileira vai pessimamente porque não são os picos isolados que fazem a grandeza duma cordilheira. A Argentina, talvez o Chile, não conheço bem o Chile, mas garantidamente o México, e o próprio Uruguai, não apresentam um músico da riqueza do Villa ou do equilíbrio de Camargo Guarnieri; mas não tem dúvida que há uma música argentina, há uma música mexicana, muito mais permanentes, muito mais socialmente fixadas que a brasileira. Então os Estados Unidos nem se fala!...

O que faz a música duma nação é um complexo de elementos: escolas, ensino, literatura, crítica, elementos de execução, orientação consciente e predeterminada de tudo; e também exigentemente um público. E também a impressão de músicas, e as casas de execução musical... E o que o Brasil pode apresentar de útil e de permanente em tudo isso? O Brasil tem, terá, uns cinco ou seis compositores comprovadamente de valor. Terá uns cinco ou seis virtuoses de piano comparáveis até aos virtuoses internacionais, mas... e o resto? Já quando estávamos tomando o aperitivo, e apesar da exclusiva opinião em contrário do sr. Felix de Cima, que é do governo, ficou mais que denunciada a deficiência do nosso ensino musical, não só paupérrimo, mas principalmente errado, antiquado, ignorante. que só não é nulo porque é prejudicial, por incompleto, incompetente e desnacionalizador . Já ficou denunciado que a crítica, a imprensa musical de jornais e revistas, é totalmente vesga: pedante, ensimesmada, partidária, incapaz de assumir qualquer orientação normativa; gratuita, incapaz de qualquer compreensão pragmática do seu papel educativo e da sua função nacional...

E os virtuoses! Bom, fica assentado que eu não me refiro a Siomara Ponga, que pertence ao domínio de Mentira, esta nossa simpática cidadinha da Alta Paulista, e não ao Brasil. onde ela só entra apresentando passaporte de virtuose... internacional. Mas, e os virtuoses brasileiros? No Rio, talvez pelo fundamento mais nacional das suas tradições musicais, ainda a música brasileira é executada normalmente, mas em São Paulo! É seguir os programas dos concertos paulistas, é tê-los colecionados em casa como eu faço, pra verificar que a música brasileira só é executada em São Paulo por obediência a uma lei impositiva do Governo. Lei útil, mas cega. Patrioteira, mas sem nenhum sentido nacionalizador, deixando porta aberta a mil e uma tapeações, e fechando a porta às realizações educacionais. O que acontece? Vai ao Brasil um Heifetz, que jamais cogitou do Brasil, senão aplauso e dinheiro, e o empresário lhe diz que, por lei, tem que executar nos três ou quatro recitais do Rio, e no único de São Paulo (e tantas vezes exclusivo duma entidade particular), uma música brasileira. Que valor poderá nunca ter uma imposição semelhante! E o grande virtuose tapeia tudo. Se vê obrigado a tapear até a sua dignidade moral de virtuose, não é mesmo, Siomara Ponga?... Pede uma pecinha, mas uma pecinha bem curta que ele decore logo e se esqueça logo, bem fácil pra que não lhe dê trabalho. E executa. Executa pra executar uma lei. De qualquer jeito. Chateado, sem o menor interesse, sem o menor amor. No quê uma coisa dessas pode adiantar ao Brasil! Mas por outro lado vá um virtuose, vá uma entidade musical, vá um conjunto de câmara pretender concertos educacionais. Poder pode, mas é uma dificuldade. Por causa da tal lei.

Aliás, nem precisa ser de preocupação educativa um concerto. Não há nada de mais pejorativo ao Brasil, de mais humilhante mesmo, do que um concerto qualquer, seja de solista, de quarteto ou de orquestra, dentro do próprio Brasil. Depois de obras célebres e de longa minutagem, que tomam as duas primeiras partes do concerto, vem uma terceira parte, composta de obras menores mas de brilho grande e sucesso garantido. E é no meio dessa brilhação da terceira parte que se imiscui, metediça e desavergonhada, uma berceuse, uma modinha, uma ciranda, um ponteio de compositor brasileiro, pecinha bem pequenininha, ordinária; meio minuto apenas de miséria tímida, só e exclusivamente sujando a pompa espertalhona do programa. Pois é em obediência a uma lei brasileira que se consegue semelhante desprestígio do Brasil! Não é que essas coisas não adiantem nada à música brasileira: o pior é que a prejudicam, a destroçam. Se incute no próprio público, com amostras clamorosas, a pobreza, a inferioridade, a feiúra das músicas e dos compositores do seu próprio país! Nasce um complexo de inferioridade justo, justificado, provado, que vai prejudicar qualquer isenção futura de julgamento, mesmo de obras importantes e de grande valor. E por causa disso, esse mesmo público, quando vê no anúncio dum concerto uma obra grande brasileira, que toma toda uma parte do programa, se lembrando daquela obrinha suja, besta, infecta, que até lhe deu vergonha, no concerto passado, foge do concerto novo, convencido da porcaria que vai ouvir. Mas o pior do pior do pior é que o próprio compositor brasileiro com tudo isso, nasce já batido, escorraçado por essa consciência de inferioridade. Realmente é preciso ser um muito forte músico criador (por dentro, entenda-se) pra no bombardeio de tantas e tamanhas forças contrárias, o compositor brasileiro ainda ter força, ou melhor: ter a semvergonhice iluminada de criar o "Maracatu de Chico-Rei" de Francisco Mignone, o "Quinteto" de Henrique Osvaldi, ou os "Ponteios" de Camargo Guarnieri, eternamente não executados. Mas ficou acertado que, por exemplo, o "Ponteio nº 1", delicioso, concordo, mas pequenininho, recém-nascido, insignificativo diante da complexidade e da grandeza da série toda, ficou acertado que, na sua transcrição pra orquestra, pode muito bem salvar a tal lei que obriga a botar uma obra nacional num concerto sinfônico. Mas si esse Ponteio nº 1, sozinho, já é completamente insignificativo diante da magnífica série completa dos "Ponteios", ao que não se reduzirá ele fatalmente, como depauperamento criador colocado junto da abertura dos Mestres Cantores? Não há público no mundo que seja suficientemente culto, pra resistir a semelhante prova de inferioridade e de miséria!

Em São Paulo então, apesar de entidades públicas como o Conservatório e o Departamento de Cultura, que executam normalmente mais música nacional, mesmo com estes exemplos e a importância atual do Departamento, não há meios da música brasileira se normalizar nos concertos. Ela se tornou uma injunção de lei, e apenas. E eu sei: só vendo a resistência que certos agrupamentos musicais, sobretudo os de câmara, fazem pra executar quartetos, corais, trios de compositores brasileiros. Assumem todos eles atitudes idiotamente estéticas, na verdade pra mascarar seus interesses financeiros de sucesso público. E garantem, com verdade indiscutível, que os quartetos de Beethoven ou de Mozart são melhores, pudera! Mas no fundo, mesmo esta atitude "estética" livre, deturpadora da verdade da música, prejudicial sob qualquer ponto de vista social, mesmo de universalidade, não passa duma máscara. Não estão se incomodando lá muito com valores estéticos, que nem sabem exatamente quais são. Estão é se incomodando consigo mesmos, com a sua justificativa de sucesso público, pois que Beethoven, Mozart, o público já conhece, já compreende e aplaude. Estão se incomodando é com o seu bem-bom, com a sua preguiça de estudar e de interpretar. Porque na verdade, interpretar um Ravel, e mesmo um Cesar Franck, exige muito mais conhecimento técnico de música, e muito mais esforço até físico, do que dormir no lero-lero dum Beethovenzinho... qualquer. Não é que um Mozart seja mais fácil de interpretar que um Schoenberg. Mas é que para um público, já nem digo o público brasileiro, mas um público até de nação musicalmente civilizada: um Debussy mal interpretado se destrói, ao passo que não se destrói um Beethoven nem um Haydn executados qualquermente. Porque o público lá escuta de-cor .

Eis a verdade nua e crua a respeito dessa parte vitalmente decisiva de uma música nacional, que é a execução das obras. O Brasil apresenta sim alguns grandes virtuoses de piano. Mas não apresenta atualmente nenhum grande virtuose de violino; e o melhor de todos, Oscar Borgerth, quase desapareceu afundado num anonimato de ensino. No canto é a mesma coisa: alguns virtuoses de valor, não há dúvida, mas nenhum valor significativo, que dê ao menos a esperança de uma abertura de escola. E é só o que o Brasil tem. Quartetos de vida permanente, um só em São Paulo. Trios, no mesmíssimo caso. Corais no mesmíssimo caso, só o Coral Paulistano. Agrupamentos madrigalísticos, néris. O resto é fantasma, ilusão pura. E mesmo com o Coral Paulistano, o incontestável é que o Brasil está incapacitado de qualquer execução coral mais importante, que exija virtuosidade e elemento numérico, os oratórios, as paixões, as missas, e as grandes peças corais contemporâneas. E quando algum sonhador maluco imagina realizar aqui uma Nona Sinfonia, é um tal de campear amadores de cambulhada com cantarinos de igreja, coristas chichilianos de teatro, e solistas ensimesmados, conúbio de que resultam apenas abortos e aleijões horrendos. Pra quarenta e tantos milhões de habitantes, um coral (porque os corais escolares do Villa têm outra funcionalidade, não contam)! Pra quarenta milhões de habitantes, um coral, um quarteto, um trio permanentes, e todos apenas duma cidade, alguns virtuoses solistas de piano, de canto, de violino. E é só.

— Mas as orquestras, Janjão, as orquestras!

— Eu nem queria falar, senhor político; mas o senhor me provoca, pois eu falo:

E Janjão principiou falando:

— O problema das orquestras no Brasil, assim como vai, não se soluciona. Antes de mais nada, temos que reconhecer honestamente uma verdade assustadora: apesar dos seus mais de quarenta milhões de habitantes, apesar de possuir duas cidades metropolitanas que já passaram o milhão, o Brasil não possui uma só grande orquestra. Já nem exijo, está claro, que ele tenha uma orquestra comparável com a de Boston, enfim, uma orquestra que fosse das maiores do mundo. Não se trata disso: o Brasil, nem no Rio, nem em São Paulo, mantém uma orquestra que seja "grande", no sentido de possuir capacidade técnica para executar qualquer obra sinfônica. Isso não é apenas lastimável: é uma vergonha, uma falha absurda, que coloca a música brasileira em situação muito inferior à do Uruguai. Já nem me refiro à Argentina e ao México, cuja orquestra, vejam bem, já foi aproveitada por grandes casas gravadoras, até pra registrar música européia! A situação orquestral do Brasil, ou mais simplesmente, das suas duas grandes cidades metropolitanas, porque, o resto não conta, é simplesmente vergonhosa. E em São Paulo, então, não só a capacidade sinfônica da sua orquestra é muito baixa, como está em plena decadência. Mas deixemos a pobre São Paulo de lado. Comparemos o Rio com a nossa melhor Mentira.

Não é exatamente que as orquestras do Rio sejam tecnicamente muito melhores que a de Mentira, sempre o são bastante, mas no Rio existe muito maior atividade; e a luta heróica da Orquestra Sinfônica Brasileira, está despertando lá um interesse, e produzindo uma emulação, que podem dar ótimos resultados. Um deles, realmente esplêndido, é a construção do Palácio da Música, com duas grandes salas dedicadas exclusivamente à execução musical, além dum pequeno teatro para o drama. Não há dúvida que a vida orquestral do Rio de Janeiro é atualmente muito grande, e pode ser comparada ao que foi a atividade sinfônica paulista ali por 1929, quando São Paulo chegou a ter três orquestras. Será fecunda? Deus queira, mas ainda não se pode garantir coisa nenhuma. No Brasil não medra esforço em continuidade, ainda não existe uma verdadeira consciência permanente de cultura, e as iniciativas e progressos, por qualquer motivo, e às vezes sem motivo nenhum, de repente viram água e morrem. O caso de São Paulo é típico. Os paulistas já tiveram três orquestras, e hoje, catorze anos de progresso a mais, e a bem dizer não possui nenhuma. Quais as razões do que sucede em São Paulo, como sucede aqui em Mentira?

Antes de mais nada, a culpa cabe aos poderes públicos, que não têm a menor espécie de convicção cultural...

— Então eu não tenho convicção cultural! berrou o político indignado.

Janjão ficou encabuladíssimo, até se esquecera da presença de Felix de Cima! Mas o estudante salvou o compositor, jogando cinicamente:

— Janjão está falando nos "Poderes Públicos", seu Felix. Não se trata do senhor, que é um político protetor das artes. Ele se refere às forças públicas, os ouvintes, os capitalistas...

— Ahn, resmungou o político, não muito convencido.

— Seja o que for... mas eu afirmo que os poderes públicos de Mentira não têm a menor espécie de convicção cultural. E si algum aparece num concerto, ignorantes e burros como são, escuta uma Protofonia à bessa do Guarani, e sai convencido de que a orquestra é a melhor do mundo, nem Toscanini!

Está mais que provado que nenhuma grande orquestra se sustenta sem a proteção dos governos ou dos capitalistas. Nós temos que pôr os capitalistas de parte, porque eles já se dedicaram completamente à caridade, protegendo as forças negativas da vida, mendigos, velhice desamparada, doentes incuráveis. Só podemos contar com o Go... quer dizer, com os poderes públicos, como disse o Pastor Fido. Ora os poderes públicos são totalmente ignaros, não sabem o que é uma orquestra; e contanto que haja qualquer simulacro de orquestra pra tapar a boca dos jornais, basta. E a orquestra de Mentira é apenas um simulacro.

Mas si a culpa principal é dos poderes públicos, fruto de ignorância e incompetência, pois que sempre existe um simulacro de orquestra: a quem cabia converter essa palhaçada em música verdadeira? A quem cabia orientar a proteção dos poderes públicos? Cabia aos músicos. Cabia aos professores de orquestra e aos regentes. Cabia também aos sindicatos, aos quais não compete apenas cuidar da situação econômica dos seus sindicalizados, mas também da dignidade da classe. Mas essa gente não faz nada de nada, porque as minúsculas reclamações que gemem, no sentido de melhorar tecnicamente a orquestra de Mentira, eles mesmos destroçam logo, com todos os esforços que fazem justamente pra que a situação não melhore. Por exemplo: Que esforço fazem sindicatos, regentes e principalmente os executantes, no sentido de alcançar qualquer espécie de disciplina? ...Os regentes berram, se descabelam, mas... têm que reger! E acabam aceitando tudo assim mesmo.

— Mas si muitos regentes estrangeiros têm elogiado a orquestra de Mentira !

— Como? onde! senhor Felix de Cima! Isso é outro trabalhinho, que o próprio Sindicato devia proibir às entidades sindicalizadas, si se decidisse a defender a dignidade da classe. Quem jamais viu um regente estrangeiro ir na Argentina, no Uruguai, no Chile, sentir saudades da orquestra de

Mentira? Quem jamais verá um regente, até aí do Brasil próximo, preferir, por sua própria vontade, a orquestra de Mentira pra qualquer execução? Mas sucede que quando um regente de fora passa por aqui, e, enganado, depois de perguntar de longe várias coisas, si a orquestra é completa, si tem harpa, si está em condições de executar modernos, e receber respostas totalmente mentirosas, que sim, que sim, que aqui tem tudo e do melhor: sucede que esse regente, já assinado o contrato, já emaranhado na rede, chega aqui, e dá de encontro à barreira de uma total indisciplina, dá de encontro à animosidade, à indiferença, à ignorância, à incompetência técnica até dos naipes mais fáceis, como os violinos...O que fazer? Vai um jornalistazinho entrevistar o "ilustre regente", e pergunta o que ele pensa da nossa orquestra; o quê que ele vai responder! Vejam bem a situação! Si já está encontrando as maiores dificuldades, si tem um contrato pela frente, si tem todo o patriotismo nacional pela frente, si já tem toda a displicência dos regentes estrangeiros que passaram por aqui antes dele, e elogiaram: então esse desinfeliz ainda vai procurar mais sarna pra se coçar? Deus te livre! acha tudo muito bom, orquestra disciplinadíssima, todos os músicos chegam na hora pros ensaios, ninguém sai antes de acabar ensaio, ninguém falha, são uns heróis, uns santos, uns técnicos estupendos, uns heróis sacrificados e ora bolas! Na verdade esses regentes não querem se incomodar, mas vá escutar o que eles falam com os íntimos? Dizem o diabo. O que quer dizer que dizem a verdade. E si alguém quiser que, no dia da partida, ele deixe as impressões no álbum de visitas de alguma camarilha com bastante audácia pra pedir elogio: pois não! escrevo e assino que a orquestra de Mentira é ótima, tanto mais que estou jurando pela mãe que nunca voltarei neste domínio.

Competia aos próprios músicos compreender e modificar a situação, tecnicamente. Mas é impossível. A própria sindicalização, que podia ser um grande bem, se tornou um empecilho. A música virou um exclusivo interesse financeiro, mais nada. São miseravelmente protegidos pelos poderes públicos, reconheço, mas isso por acaso impede o exercício da disciplina? E haverá um louco no mundo que tenha o descoco de dizer que a orquestra de Mentira é disciplinada? Siomara Ponga, você já soube nunca duma orquestra cujo violino-espala derrubasse o arco da mão; cuja primeira viola se gabasse de ter tocado outra música durante uma execução pública; que informasse pro estrangeiro ter uma harpa e não ter; cujo regente, na hora marcada do ensaio, achasse apenas uns quatro ou cinco professores no teatro? Parece mentira... Pois as duas primeiras coisas se deram em Mentira, e as duas últimas se dão!

De resto, não se faz orquestra com protecionismo. Si um bombeiro é ruim bombeiro, pode ser muito simpático etc. e tal, mas não é conservando ele na orquestra que se conserva a dignidade do bombo, dos outros músicos, da música e dum sindicato. Si o tocador de caracaxá está doente, não pode mais tocar bem, é preciso substituir o tocador de caracaxá, e não conservá-lo na orquestra por... por caridade! Protejamo-lo, está claro, mas conservá-lo na orquestra é um crime duplo: aumenta a tuberculose do músico e aumenta a tuberculose da orquestra. É preciso que nos convençamos de que não se faz arte com caridade, nem se sacrifica uma arte coletiva por causa de três ou quatro indivíduos. Si existe em Mentira um único harpista que está na miséria e toca mal, e a orquestra precisa de harpista, é preciso mandar buscar fora outro instrumentista. A orquestra de Mentira é atualmente um aleijão da cidade. O nosso maior aleijão musical, dada a importância. técnica e coletiva do sinfonismo. Nós estamos cometendo um crime, tratando com a displicência que tratamos, o maior e mais premente problema da nossa execução musical. E estão convocados nesse crime tanto os poderes públicos, tanto a crítica que não esclarece, tanto as sociedades de cultura, como os próprios músicos da orquestra. Estes, si não são culpados exatamente da indigência orgânica da orquestra de Mentira, são os maiores culpados da sua indigência técnica. Você me desculpe, Sarah Light, o senhor me desculpe si puder, senhor político Felix de Cima, mas a respeito do estado sinfônico de Mentira é isso o que eu penso. E com doçura: Si estivesse noutro lugar, eu diria certamente coisas ainda mais ásperas...

Janjão estava exausto. Afinal das contas, praquê que ele estava naquele banquete? Era pra captar a simpatia do político, a proteção de todos, mas ele bem percebia que cada vez se afundava mais. Estava exausto do esforço que fizera pra vencer seus interesses justos, dizendo a verdade, mesmo na certeza de recusar pra sempre a proteção dos donos da vida que comiam ali. Mas de repente os olhos dele brilharam muito, Janjão sorriu. É que bem do fundo daquele montão de ossos fatigados, eis que veio nascendo, cresceu num átimo, estrondou aturdindo os ouvidos do artista lhe relumeando nos olhos fazendo ele sorrir, um orgulho prodigioso que curou tudo. Janjão ficou perfeitamente bem disposto. Mas a virtuose Siomara Ponga sofria. Como virtuose que era, ela sempre tivera ciúmes de todos, de todos os virtuoses, de todos os ricaços, de todas as mulheres bonitas. Por isso mesmo que célebre e de grande valor, ela tinha, em grande, a fatalidade dos virtuoses: era toda ciúme e despeito. Mas pela primeira vez agora, diante daquele artista verdadeiro, que tinha a maluquice de se destroçar em favor da arte, ela sofreu o sentimento ignorado da inveja, sofreu. Ou gozou... Um rubor quente lhe desmanchou as faces bem pintadas. E aquela mulher tão fria, fria, sentiu um ardor por dentro. Naquele instante ela era capaz de gostar mais da vida que de si mesma, se apaixonar, se entregar. Mas isso, lembrou logo, havia de lhe desmanchar os cabelos bem penteados. Deu um jeitinho no vestido e esfriou rápido. Ficou muda, misteriosa, impassível como a Democracia. O político e a milionária estavam irritadíssimos. Mas o estudante adorava.

Exposta a situação técnica defeituosíssima da música brasileira, é possível voltar agora ao estudo da composição musical. Não mais importante que o resto, porém mais permanente como realização de um povo. Notemos antes de mais nada que o aparecimento de compositores brasileiros não é nem constante nem nutrido. A música se alimenta de levas de compositores, com falhas assustadoras de gerações inteiras. Parece o cafezal, que depois duma safra enorme, se esgolfa e leva dois, três anos quase sem produzir. Mas si isto é justo e explicável no pé de café não seria justificável na criação humana, si não fossem as deficiências técnicas da música do Brasil e as deficiências práticas gerais do país. Vocês reparem: o Brasil a bem dizer não tem "novos" atualmente! Há uma geração importante, que ainda vive e produz. Pertencem a essa safra de músicos, Villa Lobos, Lourenço Fernandez, Francisco Mignone, Arthur Pereira, Assis Republicano, Jaime Ovalle, Camargo Guarnieri, pra citar os mais conhecidos. Mas quase todos estes artistas têm mais de quarenta anos ou estão muito próximos disso. E depois? Quais os novos? Qual a safra rodando hoje pelos trinta anos, que possa se comparar como valor a esse grupo? E ainda pior quais os novíssimos, voltijando pelos vinte anos, que prometam grande esperança? Não há. Existem outros músicos, eu sei, mas não é possível pelo que já produziram ou pelo que prometem, garantir qualquer futuro que se equipare ao presente de um Mignone ou de um Villa Lobos. Pode ser que dê um estalo de Vieira em qualquer desses novos ou novíssimos, mas eu não posso depositar uma garantia na esperança dos estalos. E o que é mais doloroso: todos esses compositores citados vivem no Rio e em São Paulo, e quase todos nasceram na área de irradiação dessas cidades. E o resto desse país imenso! Será possível que só paulistas e cariocas tenham o dom da música? Um Nepomuceno no Norte, um Viana no Sul, outro Viana em Minas, provam o contrário, graças a Deus. As causas são outras, evidentemente.

Aqui entram certamente as razões práticas. Como, entre muitas, a ausência de comunicações e viagem rápidas no Brasil. Si Rio com São Paulo são xifópagas com hora e meia de avião e uma noite de noturno horrendo, todas as outras Capitais, a bem dizer são núcleos isolados. E núcleos de uma inferiodade violenta, como música. De forma que, pela sua própria deficiência, e isolamento, esses núcleos não "induzem" à composição erudita. Si é péssima a situação técnica da música paulista, si ainda é muito ruim embora menos, a situação técnica da música do Rio, sempre as duas cidades metropolitanas ainda dão alguma razão-de-ser à criação musical culta. Mas nas outras Capitais, a situação técnica é tão precária que mata o instinto criador. As orquestrinhas mais que imperfeitas, o compadrismo dos rádios locais idiotas mamíferos de discos, a impossibilidade de quartetos, a inexistência de corais, o lero-lero modestozinho dos virtuoses de arrabalde, o "passadismo" do público (basta seguir os programas dos concertos das outras Capitais) que não tem o choque presente, de corpo presente, das tendências vivas, tudo mata a criação. E a própria dificuldade de se instruir para o músico, que não escuta, e o que é pior, está incapacitado de estudar e analisar uma partitura de Schoenberg, de Lourenço Fernandez ou de Copland, muitas das quais não impressas, as outras difíceis de obter. E assim, o compositor da Capital do Estado de Sombra grossa, com seus trezentos e cinqüenta mil habitantes, que já por si sabe menos porque não pode se instruir direito e que não consegue nenhuma esperança de ser executado, esse músico possível, não sente o "anchio sono pittore", e nem pensa em compor. A não ser uma Ave-Maria pra ser cantada pela senhorinha dona Carlotinha Pêssegos, na igreja de Santa Catarina, que é a mais próxima.

— Mas Janjão, esse mesmo estado de coisas se reflete nos dois centros metropolitanos, São Paulo e Rio, interveio a cantora Siomara Ponga. Basta você observar a criação musical de dois compositores tão bem dotados como Jaime Ovalle no Rio, e Arthur Pereira em São Paulo. Você repare, Janjão: há uma tal ou qual incongruência entre a tenuidade e curteza de pensamento musical de um Jaime Ovalle, e o revestimento harmônico inda por cima resolutamente acordal, que ele lhe dá. Curteza de pensamento musical não é defeito, é caráter: basta lembrar Schumann, Malipiero e o próprio Haydn. Me lembro dum desses ensinadores de fazer versos dizer que não se pode compor em alexandrinos uma poesia sôbre as delicadas violetas. Está claro que não é bem isso, mas, em princípio esse tratadista escutou cantar o galo. É possível fazer um alexandrino alado e tênue como uma violeta, ou é possível tirar todo um drama profundo dos olhos duma violeta, assim como não é por ter seis ou sete sons que um acorde é pesado. Basta lembrar que ajuntando cinco terças, Debussy faz acordes duma aeridade maravilhosa. Ora num Catalani como em outros ainda mais monótonos harmonistas, tantas vezes as duas terças dum acorde de tônica pesam várias toneladas... Tudo depende da seqüência harmônica e da disposição sonora do acorde. Isto é que me parece falta a Jaime Ovalle, no seu pequeno conhecimento técnico de harmonia e prática do piano, e que a sua intuição musical não consegue remediar. Como remedeia tantas vezes em Villa Lobos. Certas canções melodicamente deliciosas de Jaime Ovalle, se tornam quase insuportáveis de cantar porque enquilosadas num acompanhamento opaco, compacto, gordo e desamável, tanto harmônica como pianisticamente, em total desacordo com as suas linhas melódicas, no geral curtas e pouco ou nada dramáticas. E no entanto deliciosas! Já o caso de Arthur Pereira não é esse mesmo de deficiência de técnica harmônica ou pianística, mas típico do autor que não é executado. Arthur Pereira é um temperamento poético, infinitamente delicado, aéreo, diáfano, duma luminosidade mansa de sol através da neblina. Mas o ambiente local de São Paulo lhe corta as asas! Não é técnica que falta, se percebe. Arthur Pereira possui a técnica mais que bastante para realizar o caráter da sua personalidade, que não exige corais nem grandes orquestras. Mas ele pede um ambiente refinado e suficientemente erudito, pra distinguir que uma diafaneidade pode valer tanto como o estrondo dum Wagner. Mas esse público de elite não existe em São Paulo. Estou convencida que noutros ambientes europeus mais variados, estes dois compositores se realizariam completamente, em obras admiráveis mas sem barulho. Ninguém tem obrigações de possuir o gênio de um João Sebastião Bach.

— Nisso mesmo que eu queria chegar, Siomara Ponga. A deficiência técnica das cidades do Brasil, a distância não corrigida pela facilidade e barateamento dos transportes, não é o gênio, o gênio fatalizado, que isso impede de nascer e produzir. O gênio acaba sempre abrindo o seu caminho. O que está não só prejudicado, mas verdadeiramente impedido no Brasil, é a produção do compositor "normal", do apenas "excelente compositor", dos numerosos "bons" compositores normais, que são os que nutrem e fazem o corpo de uma música nacional. Não é Debussy que faz a verdade grandiosa da música francesa. Ele apenas a coroa luminariamente, como Berlioz, como Rameau, como Couperin le Grand. A música francesa são os mil e um compositores franceses de valor, técnicos certos, personalidades firmes, mas apenas compositores normalmente bons. Sem estes a França musical seria apenas uma Espanha.

— Ou o Brasil, interrompeu, mais uma vez o Pastor Fido, já não se agüentando de tanta vontade de falar qualquer coisa. Em criação musical, como até em pintura, apesar dos mesmos núcleos vigorosos de plástica das duas cidades metropolitanas, o Brasil ainda está naquela mesma fase em que estava a literatura do tempo da Independência. Havia então bastantes poetas "urbanos", reles, preenchendo as necessidades urbanas das cidades também reles em que viviam — necessidades que nem são eruditas, mas apenas semi-eruditas e jornalísticas, poesias para recitar no Natal, em aniversários, ou publicar nas datas comemorativas. Mas junto desse cisco utilitário, havia apenas um ou outro poeta verdadeiro legitimamente erudito, servindo ao país inteiro, formando a criação poética expressiva duma pátria. As duas gerações românticas ainda são bem exemplificativas disso. Só mesmo em nosso século a produção literária assumiu uma criação "normal", no sentido em que você diz, com alguns picos sempre raros, mas com uma larga e nutrida produção erudita "normal", fazendo um verdadeiro corpo de literatura. Pode ser magrinho, mas sempre é um corpo. A literatura brasileira já tomou corpo. A música brasileira ainda não. A deficiência ambiente das capitais provincianas, a sua pobreza diante das exigências ricaças da música, só permite amamentar músicos urbanos, compositores de ave-marias pra igreja mais próxima. Em todo caso os grandes compositores vão muito bem...

— Isso é você que diz... Sob o ponto de vista da criação técnico-estética, ainda a música brasileira vai muito mal, porque caiu no impasse do característico. Afinal das contas, Siomara Ponga sempre tem alguma razão quando se revolta contra o excessivo "negrismo" da música brasileira.

— Mas Janjão, se você mesmo ainda há pouco, estabelecia que a música brasileira estava num primitivismo natural, e tinha de se basear no folclore pra ser funcional!

— Eu falei isso, Sarah Light, e repito. A música brasileira ainda não pode perder de vista o folclore. Se perder, se estrangeirizará completamente. Como sucede com os sistematizadores do atonalismo integral, e os que baseiam a sua criação na chamada "invenção livre". Em princípio, se analisarmos um bocado mais o problema psicológico da criação, seja musical, seja de qualquer outra arte, ou seja mesmo simplesmente a criação do pensamento filosófico, veremos que isso de "criação livre" é uma quimera. Até esse *slogan* deslumbrante de que "a cultura é universal" não passa de tolice de parlapatões ou interessados.

— Eu não estou entendendo nada...

— Tenha paciência, senhor Felix de Cima, o senhor entende até demais de política, pra poder entender de qualquer outra coisa, seja até de racionamento ou de carestia.

— Pastor Fido!...

— Desculpe, Sarah Light. Está com a palavra o compositor Janjão.

— Eu afirmo que a "criação livre" é uma quimera, porque ninguém não é feito de nada, nem de si mesmo apenas; e a criação não é nem uma invenção do nada, mas um tecido de elementos memorizados, que o criador agencia de maneira diferente, e quando muito leva mais adiante. Estou insistindo numa lapaliçada. A criação, com toda a sua liberdade de invenção que eu não nego, não passa de uma reformulação de pedaços de memória. Basta lembrar que os atonalistas, como todos nós, criam com os doze sons da escala cromática, que não passam de sons já mais que escolhidos e repetidos e que eles aprenderam e decoraram. E dessa mesma forma, são todos os outros elementos mais complexos, lineares ou de simultaneidade sonora, acordes, polifonias, o que quer que seja. Elementos já existentes que a memória fornece, e a criação reformula. De modo que o compositor brasileiro que se repimpa na vaidadezinha da sua pessoa, e imagina estar criando "livremente", só porque desistiu de criar à feição dos elementos musicais que o Brasil lhe fornece, criará fatalmente agenciando os elementos musicais que já conhece, que estudou, que digeriu ou não, mas que se digeridos lhe saltam sem ele querer do eu profundo, e se não digeridos, lhe saltam da memória consciente. E se esses elementos não nascem do

Brasil, donde que nascem? Nascem da Alemanha. Ou nascem da França. Ou nascem duma França misturada com Alemanha, formando uma Alsácia bagunçada e indigestada. Ora os compositores brasileiros...

E foi deste jeito que o compositor Janjão concluiu a sua análise da música brasileira:

— Eu garanto que ainda no momento presente a música brasileira não está em condições de permitir aos seus compositores a pretensão de criar "livremente". O compositor brasileiro que perder o folclore nacional de vista e de estudo, será o que vocês quiserem, mas fatalmente se desnacionalizará e deixará de funcionar. Desse ponto-de-vista, todos os artistas que importam no Brasil de hoje, são de fato os que ainda têm como princípio pragmático de sua criação, fazer música de pesquisa brasileira. A invenção livre só virá mais tarde, e quando a criação musical erudita estiver tão rica, complexa e explícita em suas tendências particulares psicológicas, que o compositor possa desde a infância viver cotidianamente dentro dela, se impregnar dela, e a sentir como um instinto. Nisso os principais compositores brasileiros estão certos, mas onde eles não estão propriamente errados mas faltosos e defeituosamente empobrecidos, é na sua ignorância do folclore brasileiro. O quê que eles conhecem realmente? Conhecem muito o samba carioca, não há dúvida; conhecem muito a cantiga infantil, que, franqueza, já deviam deixar de lado, porque Villa Lobos a saqueou por completo, e é certo que admiravelmente. Conhecem ainda um bocado o folclore musical nordestino, que justamente como o samba carioca é muito perigoso, porque é característico por demais e com uma base muito vermelha de negrismo. E é quase que só. E conhecem um bocado a música urbana, principalmente a modinha e a valsa.

Ora o folclore brasileiro não é isso. É cem vezes mais complexo e variado que isso. Mas infelizmente os compositores brasileiros o ignoram; e quando muito um ou outro se resolve a explorar os elementos musicais da sua região. Como fez muito bem Camargo Guarnieri com a toada e a moda caipira de São Paulo. É certo que nas peças pra canto e pra piano, a composição brasileira já apresenta alguma variedade, por causa da colaboração da modinha, da valsa e da toada, mas já está se tornando insuportável, fatigantíssimo, viciado, recendente de decorativo, o ar de dança, de batuque mesmo, da música brasileira mais complexa, corais, conjuntos de câmara e sobretudo a obra orquestral, poemas sinfônicos, concertos, suites.

Mas vocês vejam como aqui interfere outra vez a situação prática e técnica da música brasileira. Si o folclore não é só negro, nem apenas samba carioca e batuque rural, os compositores brasileiros precisavam estudá-lo mais profunda e profusamente. Mas onde? Um compositor que mora no Rio não acha jeito de ir saber o que é a música popular da região missioneira ou de Mato Grosso, da mesma forma que um compositor paulista não tem como ir ao Amazonas ou no sertão da Bahia. A lerdeza e o custo dos transportes lhes proíbem a viagem; e a situação musical, fora de São Paulo e Rio, não lhes permite a esperança de custear viagem e estudos com o que ganharem por aí. Mas então onde que está a musicologia brasileira, as entidades culturais apropriadas, que recolham o folclore em discos, estudem e publiquem esses discos? Não há verba, não há verba, é a resposta dos poderes públicos e dos capitalistas. E não há editores pra obras que ficam caríssimas, por causa da impressão musical. É possível que alguma entidade cultural possua muita coisa. Mas não estuda nem publica! De forma que toda essa riqueza permanece tão morta e inatingível, em São Paulo ou no Rio, como si estivesse no fundo da mais inacessível ilha do Bananal!

Porém eu não perdôo não os compositores brasileiros: eles são muito culpados. Culpadíssimos. Qual deles até hoje se preocupou de estudar os elementos melódicos e rítmicos do choro, que está a mão? Essa é aliás a maior falha da composição musical brasileira, e que a faz tão enjoativamente cair num negrismo decorativista: é que ainda não se inventou o "alegro" brasileiro. Mas me refiro ao "alegro" mesmo, o alegro melódico de caráter anticoreográfico, incapaz de cair na dança. Só Camargo Guarnieri já fez algum esforço nesse sentido.

Há Villa Lobos, é verdade... O Villa é um mundo; e merecia ser mais estudado, ser imitado, ser copiado até. Mas aqui entra um novo elemento escarninho que está atrapalhando ridiculamente a normalização de tendência e de psicologia da música brasileira. Me refiro à interferência do individualismo vaidoso, do complexo de superioridade, e à exacerbação doentia da noção do plágio.

— Deixa eu falar?... É ainda uma comparação com a literatura, que eu conheço mais que você. Essa noção não-me-toques do plágio, já vai sendo abandonada na literatura brasileira. Só nela, e não em nenhuma outra arte, por quê?

É justamente porque a literatura já tomou corpo, já tem uma produção muito grande de compositores "normais", como Janjão diz, isto é, excelentes compositores que não são águias nem picos, mas apenas bons. De maneira que esse enxame de artistas normais, pela união que faz a força, já não se amolam de seguir a lição dos seus maiores. As influências de um Zé Lins do Rêgo, de um Augusto Frederico Schmidt no presente; da mesma forma que a tradição machadiana, principiam se afirmando no sentido nacional do que se chama uma "escola". E assim o corpo se completa: tem tronco comum, que é o Brasil, e tem cabeça, algumas cabeças, e muitos membros.

— Pois é; mas como a música ainda não tomou corpo, os raros compositores brasileiros que existem, sofrem a miragem de serem todos só cabeças! A esplêndida soma de invenções pessoais e nacionais, das soluções, dos acomodamentos e ilações rítmicas, melódicas, harmônicas, instrumentais de Villa Lobos, estouram mas morrem feito foguetes, desaproveitadas. Ninguém quer retomar esses fogachos, pra abertura de caminhos na noite nevoenta. Cada qual (pois são tão poucos...) açulado pelo engano de ser uma *avis rara* no país, só quer ser si mesmo, iludido por um engrandecimento individualista, que não é o valor pessoal que dá mas a ausência de muitos outros que transformem o deserto num corpo povoado. E todos, gigantizados pela miragem desse deserto em que vivem, não ficam apenas os compositores normais, bons, mesmo ótimos que alguns deles são. Viram "grandes compositores", viram gênios! Ou gênio ou nada! Me contaram que Stravinsqui uma vez, convidado a escutar a música dum compositor sul-americano, refletiu com melancolia: "Hoje não há um só país do mundo que não sonhe ter seu Stravinsqui"... A isso que conduz a falta duma produção numerosa, que coloque os músicos nos seus lugares exatos. Como não tem outros para competir cada qual se julga logo um Stravinsqui, abridor de caminhos. Eu, aproveitar as soluções de Villa Lobos, Deus te livre! É o próprio Villa, aliás, quando se vê aproveitado, em vez de compreender o valor social que isso tem, é o primeiro a berrar que houve plágio e o estão roubando! É impossível, imagino, que a lição multifária de Villa Lobos se perca. Mas por enquanto ela não é utilizável pra ninguém. A deficiência do meio e a conseqüente exacerbação da vaidade individualista não deixam. Será estudada mais tarde, e retomada um dia no que tem de rico e generalizável.

Em todo caso, nem o próprio Villa Lobos escapa do característico coreográfico, nos seus alegros. Só mesmo Camargo Guarnieri já conseguiu alguma coisa de satisfatório nisso, sobretudo em finais, como no Concerto pra Violino e na Primeira Sinfonia. É urgente criar o alegro brasileiro sem caráter coreográfico. O alegro é a coisa mais difícil da criação erudita, porque embora coletivista e violentamente coletivizador por causa do seu dinamismo, ele é no entanto antifolclórico. O povo não tem alegros. O alegro é elemento urbano, erudito e civilizador, mas é sempre extracultural. O povo na infinita maioria dos casos, quando faz música rápida é pra dançar; e caímos no característico coreográfico, como no Brasil, como na Espanha. E o próprio romance, a música pra cantar histórias e lendas, que pelo tamanho dos textos leva à criação de músicas folclóricas rápidas, quase nunca o romance, a balada, ou que nome tenha, atinge a melodia propriamente dita, com sentido completo, como num alegro de Beethoven, de Berlioz ou num estreto de Rossini. Em geral o romance pela sua própria natureza, em vez da melodia propriamente dita, de sentido completo e fechado, permanece no recitativo, ou si quiserem, na melodia infinita. Como é o caso do corrido mexicano, do relato argentino. E às mais das vezes cai também no espírito coreográfico, como a embolada dos cocos nordestinos. E a embolada é sempre um recitativo. Nos movimentos moderados, no alegreto, no andante, o compositor encontra na canção folclórica riqueza farta por onde se desenvolver culturalmente. No alegro, não. Os andamentos moderados são culturais: têm a sua base e a sua fonte no povo. Mas o alegro, extracoreográfico, é elemento erudito e civilizador. Ele culturaliza, sim, uma escola nacional, mas de fora pra dentro. Ou melhor: de cima pra baixo. Ele nasce na cabeça do compositor erudito, se caracteriza na generalidade dos compositores normais (ôh, a esplêndida diferença nacional entre um alegro de compositor italiano e outro de alemão...) e baixa às massas, dinamizando e aquecendo, fortalecendo a consciência coletiva. Porém sempre urbana. O alegro tem isso de insolúvel: ele pode culturalizar uma música nacional, como os alegros de Verdi e os de Brahms, mas será sempre universalmente coletivizador. Porque o seu dinamismo é propício às massas das cidades de Londres como de Maceió.

E é por semelhantes circunstâncias que eu tenho a convicção de que a própria criação erudita é defeituosa, falha e desnorteada no Brasil. E si a realidade musical prática do país é péssima: mesmo na composição o Brasil vai mal, por culpa dos seus compositores. Lhes falta sobretudo espírito coletivo, e disso deriva quase tudo. Se conservam, virulentas, todas as mazelas do século passado: o diletantismo, o individualismo exibicionista, o dogmatismo. Sobretudo, no fundo, como instância da criação artística: diletantismo, diletantismo, diletantismo. Nenhuma consciência da função histórica do brasileiro atual. E por isso, todos esses artistas desenvolvem por dentro, ao mais elevado grau, a veleidade de ficar. Em vez de viverem, perdem o tempo da vida criando a estátua do futuro. Mas, apegados à penúria do ambiente, mais macaqueiam o gênio, do que têm aquela paciência, que muitas vezes alcança a genial idade. Chega ao absurdo a depreciação da vontade técnica, entre esses brasileiros. E era fatal: com isso, si qualquer deles pode ter seus cacoetes, não surgem senão raro as soluções artísticas individuais, isto é, justo a parte em que o indivíduo é uma fatalidade honrosa. E, como o negrismo prova, embora incorrendo o risco de não ser compreendido por ninguém, afirmo que falta universalidade a esses compositores, que vivem de particularismos regionalistas, e de sentimentalismos evocativos. Dado mesmo que o melhor jeito da gente se tornar universal, seja se tornando nacional: a falta de cultura e compreensão do problema, fez com que os compositores brasileiros não percebessem o fenômeno universal e histórico do aproveitamento folclórico. O problema da nacionalização duma arte não reside na repisação do folclore. O problema verdadeiro era "expressar" o Brasil. Mas como os iniciadores desta expressão, noutros países, se aproveitaram "também" dos temas tradicionais, o que os compositores brasileiros pescaram quase todos, apesar das advertências insistentes de um Andrade Murici, foi só isso: temática folclórica.

Em vez de expressarem o Brasil, "cantaram" o Brasil. Tal como isso vai, paupérrimo e limitado, cantiga-de-roda, batuque, negrismo decorativismo, é possível que estejam construindo um dicionário de brasileirismos. Porém jamais que isso será a Música Brasileira, isto é, a expressão musical do Brasil.

Capítulo VI

Salada

A música no mundo atual.

Foi então que os criados trouxeram aos olhos imediatamente subjugados dos convivas, o prato novo. Era uma salada norte-americana. Era uma salada fria, mas uma salada colossal, maior do mundo. Só de pensar nela já tenho água na boca. E que diferença do vatapá anterior, tão feioso e monótono no aspecto. Sim, o vatapá não fazia vista nenhuma, com aqueles seus tons de um terra baço e os brancos do anguzinho virgem. Mas, se os leitores estão lembrados, cheirava. Assim que trazido espalhara na sala um cheiro vigoroso, capitoso, como se diz, que envolvera os presentes no favor das mais tropicais miragens. Bravio, bravo sim, aquele cheiro. Áspero. Mas tão cheio, tão nutrido e convicto, que se percebia nele a paciência das enormes tradições sedimentadas, a malícia das experiências sensuais, os caminhos percorridos pelo sacrifício

de centenas de gerações. O cheiro do vatapá vos trazia aquele sossego das coisas imutáveis.

A salada não tinha cheiro nenhum, mas como era bonita e chamariz! Convencia pelo susto da vista, embora tivesse também muitas outras espécies de convicções. Mas a primeira era mesmo essa boniteza de visão. Tinha mil cores, com mentira e tudo. Uns brancos mates, interiores, que se tornavam absurdamente vigorosos e profundos, junto daqueles escarlates totais, tão vigorosos que nos davam a sua verdade ingênua de serem superiores a tudo. E os verdes. Nossa! verdes torturados, envelhecidos, apenas denúncias de verdes, que iriam se dispersar nos terras graduados, se não fossem as notas clarinantes dos amarelos, poucos mas invioláveis, que salpicavam o conjunto feito gritos, gritos metálicos coordenando numa avançada aquela marcha sobre Roma. Era o prato mais lindo do mundo.

Está claro que para um espírito mais reflexivo e recalcitrante, como o do compositor Janjão, logo aquela boniteza semostradeira não deixou sem desconfiança muita. Janjão olhou pra Sarah Light à espera dum possível conselho. Mas Sarah Light estava deslumbrante, toda entregue a si mesma, toda entregue à contemplação da salada que ela oferecia aos seus convivas. O vatapá, ela gostava sim, Sarah Light comia tudo, era omnívora. Mas aquela salada, que era uma receita exclusivamente dela, que era uma salada de tipo norte-americano que ela modificara do seu jeito, e aperfeiçoara, aquela salada era o seu prato preferido, um coroamento da sua existência de comestível espiritual (desculpem). Era uma imagem, um símbolo, uma alegoria. Era, enfim, a preciosidade derrotadora, dominadora, peripatética e circunscisfláutica, que oferecia a milionária Sarah Light, novaiorquina de nascimento, internacional por profissão, e brasileira por incrustação. Era a salada mais sem perfume porém mais vistosa do mundo.

De maneira que o olho desarvorado do compositor Janjão não pôde encontrar nenhum apoio, nenhum conselho nem nenhuma conivência nos olhos da milionária, exclusivamente bestificada naquele instante pela aparição do seu prato. Janjão procurou os olhos dos outros convivas, não achou nada. O político néo-fachista Felix de Cima já se entregara cem-porcento. Os olhos dele, com perdão da palavra, resfolegavam. Eram olhos com narinas: o político gostava tanto de comidas, que aprendera a cheirar com os olhos. Jamais que tivesse uma visão extra-retiniana, mas tinha, como todos os hábeis políticos, um olfato, digamos, um faro extranasal, mais poderoso que as lentes dos três observatórios principais desse mundo, que estão na América do Norte. Felix de Cima era todo salada naquele instante que se convolara pra ele numa espécie de coroamento de carreira: servitude e servidão políticas. Felix de Cima sabia comer, eu juro. Mas no caso daquela salada mirífica, o fenômeno não era exatamente mais um problema de saber comer, era um problema de saber engulir. Um problema político como se vê. Não era um problema de comer, mas de carcomer. Felix de Cima mesmo antes de principiar a manducação, já engulira tudo. Era a salada mais carcomedora do mundo.

Janjão pousou cheio de complacência os olhos fatigados na grande cantora virtuose celebérrima, Siomara Ponga. Os senhores conhecem o verbo "pongar"? é irresistível, Siomara Ponga era uma virtuose célebre, coitada, "pongava" todos os bondes como os meninos da rua, ia para onde os ventos sopravam, desde que os ventos fossem públicos. Não que ela aderisse, a cantora era suficientemente culta pra não aderir aos tumultos, nem mesmo aos tumultos dos seus triunfos diante de um público desfeiteado por agudos e trilos. E ela bem percebia que aquela salada era principalmente um tumulto. Mas do alto da sua grandeza, da sua cultura, da sua beleza, e também da sua escravidão de virtuose, se ela não aderia, ela concedia. Ela não comeria mesmo, ela só debicava pratos, naquela trágica defesa do seu corpo inviolado, em que vivia. Gostasse ou não. Siomara Ponga por causa da sua carreira, ou melhor, por causa da sua celebridade pública, já não tinha direito mais de gostar de coisa nenhuma nessa vida. E o vício da sua destinação, o exterior que escolhera, eram tão fortes sobre ela que, por mais que o seu espírito cultivado e o seu gosto espontâneo recalcitrassem, todos os aspectos imoderados da triunfal idade a encantavam. Sem querer, a famosa cantora estava encantada com o furor quasi místico daquele prato. Era a salada mais encantatória do mundo.

Então o compositor trouxe olhos esperançados para o Pastor Fido. O moço estudante, que estranha, que dolorosa, que desolada impressão o compositor teve dele! O estudante de Direito ficara tão atraído, o tomara uma curiosidade tamanha daquele prato do dia, daquela aparência nova de felicidade grandiosa, que não esperara por ninguém. Se servira sôfrego à bessa, se servira de todas aquelas cores, e se pusera comendo, provando de tudo, lastimosamente desistido de si mesmo. É certo que desde o primeiro sabor que lhe brotara na boca, tivera um susto. Ou melhor, uma apreensão. Isso: ficara apreensivo, trançado de noções, muito vagas infelizmente, de remorsos, de traições a si mesmo, de revoltas que não chegavam a se definir. Mas não conseguia resistir à atração daquela salada enceguecedora. Não se entregara ainda, e tenhamos a esperança de que não se entregue nunca a uma salada em que havia até sorvete de creme e suco de pedregulho. Esperemos que ele saiba escolher dela apenas o que era útil à sua saúde humana. Mas por enquanto estava em pleno período de experiência e encantação. Era engraçada a cara tão expressiva dele... Comia interessado, insistia, provava, se divertia, se entusiasmava, desanimava, repelia, insistia, tornava a provar. E feito galinha bebendo água, ficava abrefechando a boca um tempo, olho parado no ar em busca duma esperança sem forma... E de novo insistia, aderia a este gosto, se entusiasmava, sorria assustado, com certa repugnância esta vez. Ora ficava lindo, quando um gosto uma promessa de saúde ou de certeza lhe confortava a mocidade e a integridade nativa essencial. Ora ficava feio, torvo, escuso, como as mocidades vendidas, como os sujos. Não envelhecido, que as velhices também têm suas belezas, mas envilecido, atrás de si mesmo, olhando de esguelha, como os tocaiadores de traições. O estudante de Direito soltou uma bruta gargalhada, estava bêbado. Era o prato mais alcoolizador que havia agora no mundo.

O compositor Janjão desviou os olhos. Estava muito triste. Como bom brasileiro já desistira outra vez de lutar. No seu prato, agora aqueles sabores da salada bailavam seus múltiplos brilhos, atraindo, atraindo. Sentiu, reconheceu lealmente que sentia uma vontade enorme de provar tudo aquilo, mas que baile! Sorriu com tristeza, baile... Era aquele bailado "Excelsior", que, segundo contavam, deslumbrara o

Brasil, no século passado. Que destino esse, que destino pífio, viver de deslumbramentos... Aquela salada era o "Excelsior" apoteótico... dos outros. Até o moço estudante o traíra. Era natural que o Pastor Fido tivesse interesse por aquilo, provasse, insistisse, sentindo os horrores que também havia naquela salada, mas prestes a ser envolvido e dominado pela ilusão do novo e da vitória que aquela salada lhe dava.

Tínhamos que esperar até que a mocidade nossa madurasse a experiência e soubesse aceitar talvez o sorvete de creme, e recusar o suco de pedregulho. Mas Janjão, como bom brasileiro já desistira. O moço o traíra. Perdera o único arrimo que tinha ali.

Era a salada mais traiçoeira do mundo, Janjão imaginou. Mexia no prato, mexia. Havia, como já anunciei, perdiz desfiada, fortemente passada, como a milionária só podia apreciar perdiz. Tinha alface muito clara, tinha tomate e casca ralada de maçãs. Isto é: tinha de todas as vitaminas salutares, em graduação inexoravelmente científica, determinada pelos laboratórios norte-americanos, isso tinha. A saúde estava superviso-ramente contemplada ali. Mas tinha também pecados, vícios, derrapagens de bom gosto, e místicas de todas as religiões. Tinha leite de cabra, por causa de Gandhi; tinha porco porque era o bicho nacional dos celtas, cantado nos poemas bárdicos; mas biblicamente separado de tudo, em cápsulas finíssimas de trigo por causa das cóleras possíveis de Israel. Tinha gemas de ovo; libertas da albumina perigosa das claras, levemente tingidas de suco de pedregulho. E tinha sorvete de creme, e avelãs recobertas de cacau sem açúcar. Enfim tinha de tudo, e o Mundo Musical não sabe enumerar estatísticas de sabores úteis e prejudiciais, tinha de tudo. Era o prato das mais inesperadas e ambiciosas misturas, das mais convulsivas contradições. Era um desses mistifórios em que a gente, refletindo bem, sem parcialidade, tinha vontade era de lhe botar uma "Errata", ou aquele "Não atire dinheiro pelas janelas", dos trens holandeses. Era o prato mais odioso e ao mesmo tempo mais simpático do mundo.

E dominava a gente. Era dum totalitarismo simplório, sem delicadeza nenhuma. Incapaz do tradicionismo sacral dum vatapá de negros, ou de cuscus paulista vindo através de vinte séculos árabes. Era um prato inteiramente novo, incapaz de caráter, tirando o seu caráter abusivo, berrantemente superficial, escandalosamente dominador, justo da sua sabedoria de não ter caráter nenhum. Enfim: tirava o seu maior caráter de ter o espírito do anúncio. Janjão sentiu bem isso e amansou. A salada tinha o espírito do anúncio, mas como as crianças que também são só anúncio. Uma espécie ingênua de semvergonhice. Era sim, era um prato infantilmente desavergonhado que, como uma criança, fazia chichi inocente no tapete persa multimilenar. Mas nem por sua inocência o chichi deixava de ser chichi.

Esse era o prato que a milionária Sarah Light oferecia no Banquete que dava àquela tarde de domingo, na sua vivenda em Mentira, a simpática cidadinha da Alta Paulista.

Capítulo VII

Doce de Coco

O folclore musical. Sua história.
Situação dos estudos científicos.

Frutas

A virtuosidade nacional.
Os virtuosos estrangeiros no Brasil.

Capítulo VIII

O Passeio em Pássaros

Zoofonia. O canto-enfeite no cio. A mulher vestida de homem e a Lei do Peso. Música da natureza e música descritiva.

Capítulo IX

Café Pequeno

O que se fará por Janjão.
O que se devia fazer.

Capítulo X

As Despedidas

A luta moral do compositor.

Noturno

Janjão jogado na rua. Conclusões. A arte está desorientada e não sabe o que fazer. Muita discussão e pouca arte. Retorno às fontes e aos princípios essenciais. O contraste do conformismo das classes dominantes e do não-conformismo implicado na arte, por definição.

A presente edição de O BANQUETE de Mario de Andrade é o Volume de número 15 da Coleção Excelsior. Capa Cláudio Martins. Impresso na Líthera Maciel Editora e Gráfica Ltda., à rua Simão Antônio 1.070 - Contagem, para a Editora Itatiaia, à Rua São Geraldo, 67 - Belo Horizonte - MG. No catálogo geral leva o número 01002/2B. ISBN. 85-319-0698-9